Das magische Baumhaus

Die geheimnisvolle Welt von Merlin

Alle **Baumhaus-Sammelbände** auf einen Blick:

Abenteuer mit dem magischen Baumhaus
Mit dem magischen Baumhaus um die Welt
Auf Expedition mit dem magischen Baumhaus
Geheimnisvolle Reise mit dem magischen Baumhaus
Die geheimnisvolle Welt von Merlin

Mary Pope Osborne

Die geheimnisvolle Welt von Merlin

FSC
www.fsc.org
MIX
Papier aus ver-
antwortungsvollen
Quellen
FSC® C014496

ISBN 978-3-7855-7081-4
2. Auflage 2011
Sonderausgabe. Bereits als Einzelbände unter den Originaltiteln
Christmas in Camelot (© 2003 Mary Pope Osborne),
Haunted Castle on Hallows Eve (© 2003 Mary Pope Osborne),
Summer of the Sea Serpent (© 2004 Mary Pope Osborne),
Winter of the Ice Wizard (© 2004 Mary Pope Osborne) erschienen.
Alle Rechte vorbehalten.
Erschienen in der Original-Serie *Magic Tree House*™.
Magic Tree House™ ist eine Trademark von Mary Pope Osborne,
die der Originalverlag in Lizenz verwendet.
Copyright Illustrationen © 2006 Loewe Verlag GmbH, Bindlach
Veröffentlicht mit Genehmigung des Originalverlags,
Random House Children's Books, a division of Random House, Inc.
© für die deutsche Ausgabe 2010 Loewe Verlag GmbH, Bindlach
Als Einzeltitel in der Reihe *Das magische Baumhaus* sind bereits erschienen:
Im Auftrag des Roten Ritters (1), *Das verzauberte Spukschloss* (2),
Das mächtige Zauberschwert (3) und *Im Bann des Eiszauberers* (4).
Aus dem Amerikanischen übersetzt von Sabine Rahn (1, 3, 4) und Petra Wiese (2)
Innenillustrationen: Petra Theissen
Umschlagillustration: Jutta Knipping
Umschlaggestaltung: Christine Retz
Printed in Germany (007)

www.loewe-verlag.de

Inhalt

Im Auftrag des Roten Ritters

Eine königliche Einladung 11
Das soll Camelot sein? 16
Die Ritter der Tafelrunde 22
Wer wird gehen? 31
Die Reise in die Anderswelt 35
Ein guter Trick 46
Die Anderswelt 54
Die Geschenke der Ritter 64
Die Kristallhöhle 72
Ihre Pferde warten! 80
Die Rückkehr 86
Weihnachtszauber 91
Willkommen zu Hause 100

Das verzauberte Spukschloss

Die Einladung 109
Im Herzen der Eiche 114

Rok 122
Auf der Burg 131
Gespenster 143
Merlins Diamant 149
Eins, zwei, drei! 155
Das Nest des Rabenkönigs 163
Ein Stück von einem Stern 168
Wo ist er? 174
Gefangen 179
Ein neuer Tag 186
Annes und Philipps Zauberkünste . . . 196

Das mächtige Zauberschwert

Sommersonnenwende 205
Der Wasserritter 213
Die Höhle der Spinnenkönigin 226
Ein Spaziergang im Spinnennetz 235
Barrh, Barrh! 243
Die Selkie 249
Die Sturmküstenbucht 257
Der Mantel des Alten Grauen Geistes . 265
Das Schwert des Lichts 275

Die uralte Frage 281
Mit Schwert und Reim 287
Die Insel Avalon 296

Im Bann des Eiszauberers

Wintersonnenwende 309
Das Land des Ewigen Schnees 320
Der Weiße Winterzauberer 327
Nehmt meinen Schlitten! 339
Die Nornen 352
Im Hohlen Hügel 362
Der Frostriese 373
Die Rückkehr des Auges 385
Mit der Weisheit des Herzens 395

Im Auftrag des Roten Ritters

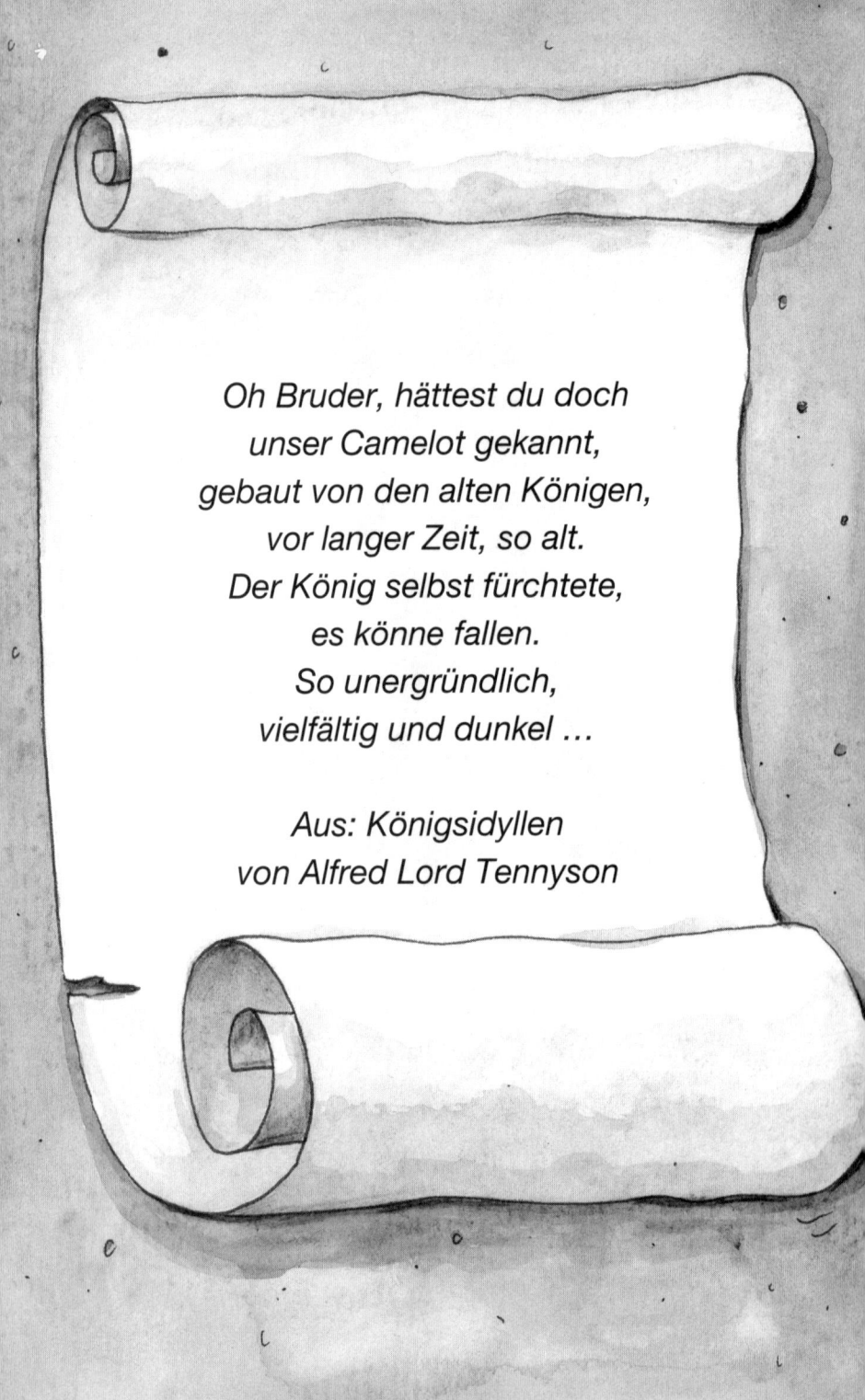

*Oh Bruder, hättest du doch
unser Camelot gekannt,
gebaut von den alten Königen,
vor langer Zeit, so alt.
Der König selbst fürchtete,
es könne fallen.
So unergründlich,
vielfältig und dunkel ...*

*Aus: Königsidyllen
von Alfred Lord Tennyson*

Eine königliche Einladung

Die letzten Sonnenstrahlen verglühten am Himmel. Es war später Nachmittag und dicke Schneewolken zogen herauf.

„Komm, schneller!", drängte Philipp. „Mir ist kalt!"

Er war mit seiner Schwester auf dem Heimweg von der Schule. Die Weihnachtsferien hatten gerade angefangen.

„Guru! Ruckedigu!"

„Warte mal", sagte Anne. „Sieh doch!"

Sie deutete auf einen weißen Vogel, der auf einem kahlen Ast am Waldrand saß. Der Vogel starrte sie an.

„Das ist doch nur eine Taube", sagte Philipp.

„Nein", widersprach Anne, „das ist ein Bote von Morgan."

„Bestimmt nicht", sagte Philipp. Er wollte keine Hoffnung in sich aufkeimen lassen. Sie hatten Morgan schon so schrecklich lange nicht gesehen und er vermisste sie.

„Doch", beharrte Anne. „Sie hat wieder eine Aufgabe für uns, da bin ich mir sicher!"

In der kalten Abenddämmerung breitete die Taube ihre Flügel aus und flog in den Wald von Pepper Hill.

„Los, komm", sagte Anne, „das Baum-haus ist wieder da!" Und dann rannte sie hinter der Taube her in den Wald.

„Oh Mann!", seufzte Philipp. Aber er lief Anne nach.

Selbst in der zunehmenden Dunkelheit fanden sie den Weg sofort. Sie liefen zwischen den kahlen Bäumen bis zum höchsten Baum des Waldes.

„Siehst du?" Anne deutete nach oben.

„Tatsächlich", flüsterte Philipp.

Das magische Baumhaus war wirklich wieder da.

„Morgan!", rief Anne.

Philipp hielt den Atem an und wartete, ob die Zauberin wohl aus dem Fenster schauen würde. Aber Morgan zeigte sich nicht.

Anne ergriff die Strickleiter und kletterte hoch. Philipp folgte ihr.

Als sie ins Baumhaus stiegen, entdeckte Philipp etwas auf dem Fußboden. Es war eine Pergamentrolle, die mit einem roten Samtband zusammengebunden war.

Philipp hob sie auf und rollte sie auseinander. Auf dem dicken gelben Pergament schimmerten große goldene Buchstaben.

„Hey, da hat Morgan uns aber eine besonders schöne Nachricht geschickt!", staunte Anne.

„Es ist eine Einladung", sagte Philipp. „Hör mal."

Liebe Anne, lieber Philipp,

ich würde mich freuen, wenn ihr diese königliche Einladung zum Weihnachtsfest in Camelot annehmen würdet.

M.

„Weihnachten in Camelot!", rief Anne. „Wahnsinn!"

„Cool", flüsterte Philipp. Er stellte sich ein wunderschönes, von Kerzen erleuchtetes Schloss vor, in dem Ritter und Edelfrauen feierten und sangen.

„Wir werden Weihnachten mit Morgan und König Artus feiern!", freute sich Anne. „Und Guinevere kennenlernen!"

„Ja! Und die Ritter der Tafelrunde und Lancelot!", schwärmte Philipp.

„Komm, gehen wir", sagte Anne. „Wo ist das Buch?"

Sie suchten im Baumhaus nach einem Buch über Camelot. Doch das einzige Buch, das sie entdecken konnten, war das Pennsylvania-Buch, mit dessen Hilfe sie immer wieder zurück nach Hause kamen.

„Das ist ja seltsam", sagte Philipp. „Morgan hat uns gar kein Buch geschickt. Wie sollen wir denn dann nach Camelot kommen?"

Philipp las die Einladung noch einmal. Er drehte sie um, weil er hoffte, auf der Rückseite würde vielleicht noch etwas

stehen – doch die war nicht beschrieben.
Er gab Anne die Einladung.

„Sie hat es wohl vergessen", murmelte er.

„So ein Mist!", schimpfte Anne und starrte auf die goldenen Buchstaben. „Ich wünsche mir so sehr, dass wir nach Camelot reisen könnten!"

Draußen raschelten die Zweige des Baumes.

Wind kam auf.

„Was ist denn jetzt los?", fragte Philipp.

„Keine Ahnung ...", antwortete Anne.

„Warte mal", sagte Philipp. „Du hast die Einladung angeschaut und dir etwas gewünscht ..."

Der Wind wurde stärker.

„Das muss den Zauber in Gang gesetzt haben!", rief Anne.

Philipp lächelte.

„Wir reisen nach Camelot", flüsterte er.

Das Baumhaus drehte sich.

Es drehte sich schneller und immer schneller.

Dann war auf einmal alles wieder still.

Totenstill.

Das soll Camelot sein?

Philipp schauderte. Im dämmrigen Licht konnte er seinen Atem sehen.

Anne starrte aus dem Fenster. „Das soll Camelot sein?", fragte sie.

Philipp sah auch hinaus. Das Baumhaus war in einem kleinen Hain mit hohen, kahlen Bäumen gelandet. Ein riesiges, düsteres Schloss zeichnete sich bedrohlich gegen den grauen Himmel ab. Aus keinem der Fenster schien Licht. Keine einzige Fahne wehte von den vielen Zinnen. Der Wind pfiff zwischen den hohen Türmen, es klang einsam und sehr traurig.

„Es sieht ganz verlassen aus", bemerkte Anne.

„Finde ich auch", sagte Philipp. „Ich hoffe, wir sind im richtigen Schloss."

Philipp nahm sein Notizbuch aus seiner Schultasche. Er wollte sich eine Beschreibung des düsteren Schlosses notieren.

„Hey, da kommt jemand!", rief Anne auf einmal.

Philipp sah wieder hinaus.

Eine Frau kam über die Zugbrücke aus dem Schloss. Sie trug einen langen Umhang und hielt eine Laterne in der Hand. Ihr weißes Haar wehte im Wind.

„Morgan!", riefen Anne und Philipp gleichzeitig und lachten erleichtert.

Morgan eilte über den frostigen Boden zu der kleinen Baumgruppe. „Anne? Philipp? Seid ihr das?", rief sie.

„Natürlich! Was dachten Sie denn?", rief Anne und kletterte hinunter.

Philipp steckte sein Notizbuch wieder ein und kletterte hinter Anne die Strickleiter nach unten. Dann rannten sie beide auf Morgan zu und warfen sich in ihre Arme.

„Ich habe aus dem Fenster geschaut und auf einmal einen hellen Lichtblitz gesehen", sagte Morgan. „Was macht ihr denn hier?"

„Haben Sie denn nicht das Baumhaus geschickt, um uns abzuholen?", fragte Philipp.

„Zusammen mit der königlichen

Einladung, Weihnachten auf Camelot zu feiern?", ergänzte Anne.

„Nein", sagte Morgan und klang besorgt.

„Aber die Einladung war mit M. unterschrieben", sagte Philipp.

„Das verstehe ich nicht", murmelte Morgan. „Wir feiern in diesem Jahr nämlich gar nicht Weihnachten."

„Sie feiern nicht?", fragte Philipp verständnislos.

„Wieso nicht?", wollte Anne wissen.

Morgan sah auf einmal sehr traurig aus. „Erinnert ihr euch daran, als ihr meine Bibliothek besucht habt und Artus neue Hoffnung gebracht habt, damit er sich seinem Feind stellt?", fragte sie.

„Natürlich." Philipp nickte.

„Nun, dieser Feind war ein Mann namens Mordred. Artus hat ihn zwar besiegt, aber vorher hat Mordreds böser Zauberer noch einen Fluch über das gesamte Königreich gesprochen, mit dem er Camelot aller Freude beraubt hat."

„Was? Aller Freude?", flüsterte Anne entsetzt.

„Ja", bestätigte Morgan. „Seit Monaten schon gibt es auf Camelot weder Musik noch Feste oder Lachen!"

„Oh nein!", seufzte Anne.

„Können wir irgendwie helfen?", fragte Philipp sofort.

Morgan lächelte traurig. „Ich fürchte, diesmal könnt ihr leider gar nichts tun!", sagte sie. „Aber vielleicht wird es Artus ein wenig aufmuntern, euch zwei zu sehen. Kommt, gehen wir erst einmal ins Schloss."

Morgan hob die Laterne und ging zurück zur Zugbrücke.

Philipp und Anne folgten ihr. Als sie über den äußeren Vorhof gingen, knirschte das gefrorene Gras unter ihren Turnschuhen.

Sie liefen hinter Morgan über die Brücke und durch das hohe Tor. Im Innenhof des Schlosses gab es nicht das geringste Zeichen von Leben.

„Wo sind bloß alle?", flüsterte Anne ihrem Bruder zu.

„Keine Ahnung", flüsterte Philipp zurück. Philipp hätte zu gerne ein Buch über Camelot gehabt, um nachzulesen, was hier vor sich ging.

Morgan führte sie zu einem hohen Torbogen mit zwei hölzernen Türflügeln. Sie blieb stehen und drehte sich um. „Ich fürchte, es gibt kein Buch, das dir heute Nacht helfen könnte, Philipp", sagte sie.

Philipp erschrak, weil Morgan seine Gedanken gelesen hatte.

„Warum nicht?", fragte Anne.

„Bei all euren bisherigen Reisen habt ihr tatsächliche Orte in der echten Zeit und Vergangenheit besucht", erklärte Morgan. „Mit Camelot ist das anders."

„Wieso?", fragte Philipp.

„Die Geschichte von Camelot ist eine Legende", antwortete Morgan. „Das ist eine Geschichte, die zwar mit der Wirklichkeit beginnt, doch dann geht sie irgendwann in Fantasie über. Im Laufe der Zeit erzählen verschiedene Menschen die Geschichte und dichten neue Dinge hinzu. Auf diese Weise bleibt eine Legende lebendig."

„Dann fügen wir heute Nacht unseren Teil hinzu!", schlug Anne vor.

„Gut", sagte Morgan. „Aber ich bitte euch …" Im Licht der Laterne sah sie sehr ernst aus. „… Lasst die Geschichte von Camelot nicht enden! Haltet unser Königreich am Leben!"

„Natürlich werden wir das tun!", versicherte Anne.

„Gut", sagte Morgan. „Dann kommt.

Lasst uns in die große Halle gehen und den König besuchen."

Morgan hob einen eisernen Riegel und schob dann die schweren Türen auf. Philipp und Anne betraten hinter ihr das dunkle Schloss.

Die Ritter der Tafelrunde

Zwei Fackeln erhellten notdürftig den zugigen Eingang des Schlosses. Über die abgewetzten Wandteppiche tanzten dunkle Schatten.

„Wartet hier", bat Morgan. „Ich will dem König erst von eurer Ankunft berichten." Sie eilte durch einen großen steinernen Torbogen, der in die große Halle führte.

„Lass uns schon mal heimlich gucken!", flüsterte Anne ihrem Bruder zu.

Sie schlichen sich hinüber zu dem großen Torbogen und spähten um die Ecke.

Die Decke der großen Halle war sehr hoch. Am anderen Ende saßen König Artus und seine Ritter um einen großen runden Tisch. Sie trugen alle braune Kutten, ihre Haare und Bärte waren zottig. Auf den Lehnen ihrer Stühle standen in goldenen Lettern ihre Namen.

„Die Ritter der Tafelrunde", flüsterte Philipp.

Morgan sprach mit König Artus. Neben dem König saß eine Frau in einem einfachen grauen Kleid. Sie war blass und hatte lockiges braunes Haar.

„Königin Guinevere", flüsterte Anne.

Morgan kam zurück. Anne und Philipp liefen rasch wieder in den Schatten. Einen Augenblick später stand Morgan vor ihnen.

„Ich habe dem König gesagt, dass zwei seiner ganz besonderen Freunde gerade angekommen sind", sagte sie. „Kommt mit."

Als sie mit Morgan durch die große Halle schritten, fror Philipp. Der riesige Raum war feucht und zugig. Im Kamin brannte kein Feuer und der Steinboden war so eisig, dass Philipp förmlich spürte, wie die Kälte durch die Sohlen seiner Turnschuhe kroch.

Kurz vor der runden Tafel blieben sie stehen. König Artus sah sie mit seinen grauen Augen durchdringend an.

„Beste Grüße aus Pepper Hill", sagte Anne zum König und zur Königin und

verbeugte sich. Philipp verbeugte sich auch.

Die Königin lächelte. Aber König Artus nicht.

„Eure Majestät, erinnert Ihr Euch an Anne und Philipp?", fragte Morgan. „Ihr habt sie letzten Sommer in meiner Bibliothek getroffen."

„Natürlich, und ich werde sie niemals vergessen!", erwiderte der König leise. „Sei gegrüßt, Anne. Sei gegrüßt, Philipp. Was bringt euch nach Camelot in dieser trostlosen Nacht?"

„Das magische Baumhaus hat uns hergebracht", antwortete Anne.

Ein Schatten huschte über das Gesicht des Königs. Er sah Morgan fragend an.

„Nein, Eure Majestät, ich habe keine Zauberei benutzt, um die beiden hierherzubringen", versicherte sie. „Vielleicht ist immer noch ein wenig Magie im Baumhaus und es reist von ganz alleine?"

„Was ist hier nur los?", dachte Philipp. „Wieso ist König Artus so beunruhigt wegen des magischen Baumhauses?"

König Artus wandte sich wieder an Anne und Philipp. „Wie auch immer ihr hergekommen seid: Seid willkommen in meinem Königreich." Und zur Königin sagte er: „Guinevere, dies sind zwei Freunde, die mir einst Hoffnung und Mut gemacht haben, als ich das dringend nötig hatte."

Königin Guinevere lächelte wieder. Aber es war Trauer in ihrem Blick. „Ich habe schon viel von euch gehört", sagte sie.

„Ich auch über Euch!", antwortete Anne.

„Erlaubt mir, euch meine Ritter

vorzustellen", bat König Artus. „Sir Bors, Sir Kay, Sir Tristan …"

Und während der König die Namen all seiner Ritter aufzählte, nickten Anne und Philipp schüchtern. Die Ritter nickten ihnen auch zu. Philipp wartete gespannt auf den Namen Lancelot, den berühmtesten Ritter Camelots. Doch er wartete vergeblich.

„Und schließlich: Sir Bedivere und Sir Gawein", schloss König Artus.

Der König zeigte auf die drei leeren Stühle am Tisch und sagte: „Und hier saßen einst drei, die jetzt für uns verloren sind."

„Verloren?", grübelte Philipp. „Wieso?"

„Ihr könnt euch auf diese Plätze setzen und mit uns zu Abend essen", sagte König Artus.

„Danke", sagte Anne.

Morgan ging voraus und Philipp las die Namen, die auf die Lehnen der drei leeren Stühle geschnitzt waren: *Lancelot, Galahad, Parzival*.

Philipp setzte sich auf den Platz von Lancelot.

Als er auf seinem schweren, hölzernen Stuhl saß, beobachtete Philipp den König und dessen Ritter. Sie nagten Fleisch von Knochen und schlürften Wein aus schweren Kelchen – aber sie aßen ohne Genuss und Freude.

Dann kam ein Page und brachte auch für Anne und Philipp etwas zu essen. Er stellte ein vor Fett triefendes Stück Rindfleisch mit einem glitschigen Stück Brot vor den Geschwistern auf den Tisch. Das Essen sah schrecklich aus.

„Das ist kein richtiges Weihnachtsessen, oder?", flüsterte Anne.

Philipp schüttelte den Kopf.

Anne beugte sich zu Morgan und flüsterte, damit König Artus sie nicht hören konnte: „Was ist mit den drei verlorenen Rittern geschehen?"

„Nachdem Mordreds böser Zauberer seine Verwünschung ausgesprochen hatte, suchte der König Hilfe bei seinen Zauberern am Hof von Camelot", erzählte Morgan. „Sie rieten ihm, seine Ritter in die Anderswelt zu senden, um die Freude in unser Königreich zurückzuholen."

„Was ist das, die Anderswelt?", fragte Philipp.

„Es ist ein altes, verzaubertes Reich am Rand der Welt", erklärte Morgan. „Es ist der Ort, an dem alle Magie ihren Ursprung hat."

„Irre", flüsterte Anne.

„Der König wählte drei seiner mutigsten Ritter für diese Reise aus", fuhr Morgan fort. „Doch als keiner von ihnen zurückkam, wurde der König sehr wütend auf seine Zauberer. Er gab der Magie die Schuld am Unglück Camelots. Seitdem hat er jegliche Form der Magie auf ewig aus seinem Königreich verbannt."

„Aber Sie sind doch auch eine Zauberin", flüsterte Anne. „Hat sich der König nicht auch gegen Sie gewandt?"

„Artus und mich verbindet eine lange Freundschaft", erklärte Morgan. „Mir hat er erlaubt, im Schloss zu bleiben. Dafür musste ich ihm versprechen, niemals wieder die Kunst der Zauberei auszuüben."

Ein Gefühl der Furcht beschlich Philipp. „Das heißt also … bedeutet das, dass das magische Baumhaus …?"

Morgan nickte. „Ja, es ist aus Camelot verbannt", bestätigte sie. „Ich fürchte, das hier wird eure letzte Reise sein. Und das letzte Mal, dass wir einander sehen." Ihre Augen füllten sich mit Tränen. Sie sah weg.

„Was? Das letzte Mal, dass wir einander sehen? Für immer und ewig?", fragte Anne.

Ehe Morgan antworten konnte, schwang die große Holztür auf und ein Windstoß fegte durch die große Halle. Die Fackeln und Kerzen flackerten auf und die Schatten tanzten wild an den Wänden.

Hufschläge waren zu hören, dann ritt ein Ritter auf einem riesigen Pferd durch den Torbogen.

Der Ritter war ganz in Rot gekleidet – von seinem glänzenden Helm bis zu dem langen Umhang auf seinem Rücken. Und sein Pferd trug grünes Zaumzeug und eine grüne Satteldecke.

„Irre", hauchte Anne. „Ein Weihnachtsritter!"

Wer wird gehen?

„Ich bin gekommen, um König Artus zu sprechen", sagte der Ritter und seine tiefe Stimme dröhnte in seinem Helm. Seine rote Rüstung glitzerte im Licht des Feuers.

König Artus stand auf. Er starrte den Ritter grimmig an, doch er sprach mit ruhiger Stimme: „Ich bin Artus, der König. Und wer seid Ihr?"

Der Ritter antwortete nicht auf Artus' Frage. „So. Ihr seid also der legendäre König Artus von Camelot", sagte er spöttisch. „Dann müssen das hier die berühmten Ritter der Tafelrunde sein!"

„Stimmt", bestätigte König Artus. „Ich frage Euch noch einmal: Wer seid Ihr?"

Der Rote Ritter antwortete ihm immer noch nicht.

„Der Zauberspruch des bösen Zauberers hat Camelot jeglicher Freude beraubt", sagte er. „Hat er Euch und Euren Männern auch den Mut genommen?"

„Ihr wagt es, unseren Mut infrage zu stellen?", fragte der König leise und drohend.

„Camelot stirbt!", rief der Weihnachtsritter. „Weshalb ist niemand in die Anderswelt geritten, um die Freude zurückzuholen?"

„Ich habe meine besten Ritter mit dieser Aufgabe ausgesandt", sagte König Artus. „Doch sie sind nicht zurückgekehrt."

„Dann schickt weitere Ritter aus!", donnerte der fremde Ritter.

„Nein!", rief Artus und schlug mit der Faust auf den Tisch. „Ich werde niemals wieder gute Männer zu den Ungeheuern der Anderswelt schicken!"

Philipp erschauderte. „Zu was für Ungeheuern?", dachte er.

„Dann ist Euer Schicksal besiegelt", sagte der Weihnachtsritter. „Wenn Ihr nicht noch einmal jemanden in die Anderswelt schickt, wird alle Schönheit und Musik, alle Wunder und alles Licht, alles, was Camelot je war oder sein könnte, verloren gehen und auf immer vergessen werden!"

„Nein!", schrie Anne.

„Psst, Anne!", machte Philipp.

Der Rote Ritter wandte sich jetzt an die Ritter der Tafelrunde: „Wer von Euch wird gehen?", fragte er.

„Wir werden gehen!", rief Anne.

„Wir?", wiederholte Philipp.

„Ja, wir werden diese Aufgabe übernehmen!", rief Anne und sprang auf.

„Nein!", schrie Morgan.

„Auf gar keinen Fall", sagte König Artus.

„Anne!", rief Philipp. Er sprang von seinem Stuhl und versuchte, sie zurückzuziehen.

„Gut", rief der Weihnachtsritter. Er deutete auf Anne und Philipp. „Die Jüngsten von allen – diese beiden – werden gehen!"

„Ihr wollt Euch über uns lustig machen!", rief König Artus.

„Diese beiden werden gehen!", wiederholte der Ritter. Seine Worte hallten von den Wänden wider.

„Oh nein", dachte Philipp.

„Ja", sagte Anne. Sie zog Philipp nach vorne zum Weihnachtsritter.

Artus rief seinen Rittern zu: „Haltet sie auf!"

Einige Ritter stürzten auf Philipp und Anne zu, doch der Weihnachtsritter hob seine Hand in die Höhe.

Auf der Stelle wurde es totenstill in der Halle.

Alle am Tisch erstarrten zu Statuen.

König Artus sah aus wie die Statue eines wütenden Königs. Königin Guinevere sah aus wie die Statue einer besorgten Königin. Die Ritter der Tafelrunde sahen aus wie Statuen grimmiger Ritter.

Und Morgan sah aus wie die Statue einer besorgten Freundin. Ihr Mund stand offen, als ob sie Anne und Philipp etwas zurufen wollte, doch es kam kein Ton über ihre Lippen – nicht das leiseste Flüstern.

Die Reise
in die Anderswelt

„Morgan?", rief Anne. Sie rannte um den Tisch herum und berührte Morgans Wange. Schnell zog sie die Hand wieder zurück.

„Sie ist kalt! Eiskalt!", schluchzte Anne.

Wütend wandte Anne sich an den Weihnachtsritter: „Was haben Sie mit Morgan gemacht?", rief sie.

„Hab keine Angst!", sagte der Weihnachtsritter. Seine Stimme klang auf einmal sanft und freundlich. „Sie wird wieder lebendig, sobald ihr eure Aufgabe erfüllt habt."

„Und was ... was genau ist unsere Aufgabe?"

„Ihr müsst in die Anderswelt reisen", erklärte der Ritter. „Dort werdet ihr einen Kessel finden, der mit dem Wasser der Erinnerung und Fantasie gefüllt ist. Davon müsst ihr eine Tasse voll zurück nach

Camelot bringen. Wenn ihr scheitert, wird Camelot nicht wieder zum Leben erwachen. Niemals wieder."

„Und wie sollen wir das alles schaffen?", fragte Anne und trocknete sich die Tränen.

„Merkt euch einfach folgende drei Reime", sagte der Weihnachtsritter.

„Augenblick!", rief Philipp. „Die möchte ich mir gerne aufschreiben!"

Mit zitternden Händen zog er sein Notizbuch und den Stift hervor. Dann sah er den Weihnachtsritter an.

„Ich bin bereit", sagte er. Mit dem Stift in der Hand fühlte Philipp sich gleich viel sicherer.

Die Stimme des Weihnachtsritters klang hohl aus seinem Helm.

„Hinter dem eisernen Tor im Garten werden die Hüter des Kessels warten."

Philipp schrieb den Reim des Ritters mit. „Okay. Der nächste", sagte er.

Der Weihnachtsritter fuhr fort:
„Vier Geschenke müsst ihr dazu haben:
Das erste von mir –
worauf ich euch verlasse.
Außerdem einen Kompass
und eine Tasse,
dann noch einen Schlüssel –
das sind die Gaben."
„Kompass, Tasse, Schlüssel … hab ich", sagte Philipp.

Die Stimme des Weihnachtsritters dröhnte weiter:
„Wer diese Aufgabe erfüllt,
gehört zu den Besten
und findet die geheime Tür
ganz einfach im Westen."
Philipp schrieb auch diesen letzten Reim auf und sah dann hinauf zu dem Ritter.

„Noch etwas?", fragte er.

Ohne ein weiteres Wort zog sich der Ritter seinen roten Umhang von den Schultern und ließ ihn zu Boden gleiten. Er fiel Philipp und Anne lautlos vor die Füße.

Der Weihnachtsritter riss die grünen Zügel seines Pferdes herum und galoppierte aus der großen Halle.

Sobald der Ritter weg war, leuchteten die Kerzen und Fackeln in der Halle weniger hell und eine bittere Kälte kroch in den Raum.

„Was diese drei Reime wohl bedeuten sollen?", fragte Philipp und starrte in sein Notizbuch. „Wer sind die Hüter des Kessels? Und was für eine geheime Tür?"

„Ich habe keine Ahnung", antwortete Anne. „Alles, was ich weiß, ist, dass wir Morgan retten müssen."

Sie hob den roten Umhang auf und hielt ihn in den Armen. „Wir haben unsere erste Gabe", sagte sie. „Lass uns gehen!"

„Warte – wir sollten erst einmal überlegen, was …", wandte Philipp ein.

„Nein!", widersprach Anne. „Wir sollten jetzt einfach aufbrechen!" Sie drehte sich um und ging los.

Philipp holte tief Luft. Er steckte sein Notizbuch ein und lief durch den Torbogen.

„Anne?"

Sie war verschwunden.

„Anne, warte auf mich!", rief er. „Warte doch!" Philipp rannte durch das Schloss.

„Anne!"

„Hier bin ich", sagte sie. „Natürlich warte ich!" Sie stand an der Eingangstür und sah nach draußen.

„Wie kommen wir in diese Anderswelt?", fragte Anne.

„Vielleicht mit dem Baumhaus?", schlug Philipp vor.

„Versuchen wir es!"

Die Geschwister liefen durch den Innenhof, über die Zugbrücke und rannten über das gefrorene Gras zurück zu dem mondbeschienenen Hain.

Mit dem roten Umhang im Arm kletterte Anne die Strickleiter hoch. Philipp kam direkt hinterher. Im Baumhaus setzten sie sich auf den Boden.

Anne hob die königliche Einladung auf. „Wir machen die Augen zu und ich spreche den Wunsch", sagte sie.

Philipp machte die Augen zu. Er zitterte vor Kälte.

„Ich wünschte, wir könnten in die Anderswelt reisen", sagte Anne.

Die kahlen Zweige des Baumes knarrten im Wind.

„Ich glaube, es funktioniert", flüsterte Anne.

Der Wind legte sich.

Philipp machte die Augen wieder auf und die Geschwister sahen aus dem Fenster. Draußen ragte immer noch das dunkle Schloss gegen den Himmel.

„Es ha-ha-hat nicht ge-geklappt", sagte Philipp mit klappernden Zähnen.

„Doch, es hat! Schau mal nach unten!", widersprach Anne.

Direkt unter dem Baumhaus stand der größte Hirsch, den Philipp jemals gesehen hatte. Der Hirsch schaute sie mit seinen großen bernsteinfarbenen Augen an und sein riesiges Geweih sah aus, als ob es im kalten Mondlicht leuchten würde.

Am auffallendsten aber war, dass der Hirsch schneeweiß war.

„Ein weißer Hirsch", flüsterte Philipp.

Weiße Atemwolken kamen aus den Nüstern des Tieres. Es machte einen Schritt auf das Baumhaus zu und schüttelte seinen riesigen Kopf.

„Er ist gekommen, um uns zu unserer Reise abzuholen", sagte Anne.

„Man kann doch nicht auf einem Hirsch reiten!", widersprach Philipp.

Aber Anne kletterte schon wieder die Strickleiter hinunter.

Vom Fenster aus beobachtete Philipp, wie sie auf den Hirsch zuging und leise auf ihn einsprach. Der Hirsch kniete nieder und Anne kletterte auf seinen Rücken.

„Komm schon!", rief Anne. „Und bring den Umhang mit!"

„Schon gut, schon gut", sagte Philipp. Er raffte den schweren Samtumhang zusammen, hielt ihn in den Armen und kletterte die Leiter hinunter. Dann lief er zu Anne und dem weißen Hirsch.

„Leg den Umhang um und setz dich hinter mich", sagte Anne.

Philipp hängte sich den Umhang über den Rucksack, zog ihn vorne zusammen und knöpfte ihn zu. Der Umhang hüllte ihn ein und unter dem weichen Stoff fühlte er sich auf einmal warm und geborgen.

„Fertig?", fragte Anne.

„Ja", sagte Philipp und kletterte hinter Anne auf den Rücken des Hirsches.

Langsam erhob sich der weiße Hirsch. Anne beugte sich nach vorne und legte ihre Arme um seinen Hals. Philipp beugte sich auch nach vorne und hielt sich an Anne fest. Der rote Samtumhang umhüllte sie nun alle beide und fiel bis über ihre Füße.

Anmutig lief der weiße Hirsch über das gefrorene Gras. Er blies noch einmal eine große Atemwolke in die Luft und rannte dann leichtfüßig los.

Philipp hielt Anne fest umklammert, während der Hirsch über ein gefrorenes Feld preschte. Er sprang über Hecken und Mauern und eisbedeckte Flüsse.

Philipp war überrascht, wie leicht es war, auf dem weißen Hirsch zu reiten. Er fühlte sich völlig sicher, während der Hirsch wie eine weiße Sternschnuppe durch die winterliche Landschaft eilte.

Der Hirsch rannte vorbei an Schaf- und Ziegenherden, die auf den Wiesen schliefen, vorbei an Hütten und dunklen Ställen.

Der Hirsch rannte und rannte durch die sternenklare Nacht. In der Ferne sah Philipp eine von Wolken verhangene Bergkette. Philipp erwartete, dass der Hirsch stehen bleiben würde, wenn sie die zerklüfteten Berge erreicht hatten. Doch er galoppierte weiter. Er wurde nicht einmal langsamer, als er den felsigen Hang hinauflief.

Am Rand einer steilen Klippe blieb der Hirsch endlich stehen. In dem windigen Wirbel aus Wolken und Nebel, der aus dem Abgrund emporwehte, kniete der Hirsch nieder und Anne und Philipp glitten von seinem Rücken.

Der Hirsch stand auf und sah mit seinen warmen Bernsteinaugen auf sie hinunter.

„Vielen Dank", sagte Anne. „Du musst jetzt wohl wieder gehen, oder?"

Der Hirsch senkte und hob seinen Kopf. Er blies noch eine Atemwolke in die Luft und verschwand mit einem einzigen großen Satz im Nebel.

„Auf Wiedersehen", murmelte Anne wehmütig. Sie starrte einen Augenblick in den Nebel und wandte sich dann an Philipp. „Und was machen wir jetzt?"

„Keine Ahnung!", antwortete Philipp. „Lass uns doch die drei Reime noch einmal lesen."

Unter dem Umhang setzte er seinen Rucksack ab, zog sein Notizbuch hervor und las den ersten Reim noch einmal vor: *„Hinter dem eisernen Tor ..."*

Anne unterbrach ihn: „Philipp! Schau doch!"

Philipp sah hoch. Durch den Wind hatte sich der Nebel etwas gelichtet. Auf der anderen Seite der Klippe erhob sich ein weiterer Berg. In den Hang war ein großes eisernes Tor gebaut. Durch die dicken Eisenstäbe des Tores schien ein fahles Licht. Links und rechts standen zwei Ritter in goldenen Rüstungen unter flackernden Fackeln Wache.

„Oh Mann", flüsterte Philipp.

„Das ist es: das eiserne Tor", flüsterte Anne. „Wenn wir dort hindurchgehen, sind wir in der Anderswelt!"

Ein guter Trick

Als der Wind noch mehr Nebel wegblies, entdeckten Anne und Philipp die Brücke. Sie bestand aus dicken Holzplanken, die von Eisenbändern zusammengehalten wurden, und erstreckte sich von dem Rand der Klippe, auf der sie standen, bis direkt vor das eiserne Tor.

„Komm, wir gehen", sagte Anne.

„Warte!" Philipp hielt sie zurück. „Und was ist mit den Wachen?"

Die beiden Wachen standen stockstill und ihre riesigen Lanzen glänzten im Licht der Fackeln.

„Ich weiß auch nicht", sagte Anne. Lies doch den zweiten Reim noch einmal."

Philipp schaute wieder in sein Notizbuch und las laut:

„Vier Geschenke müsst ihr dazu haben:
Das erste von mir –
worauf ich euch verlasse.
Außerdem einen Kompass

*und eine Tasse,
dann noch einen Schlüssel –
das sind die Gaben."*
„Das erste Geschenk war der Umhang des Roten Ritters", sagte Anne.

„Stimmt. Und irgendwie soll der uns wahrscheinlich auch helfen, oder?", fragte Philipp.

Er knöpfte den Umhang auf, nahm ihn von den Schultern und hielt ihn vor sich.

„Vielleicht kann er uns unsichtbar machen?", vermutete Anne.

„Du bist verrückt", sagte Philipp.

„Nein, überleg doch mal: In Geschichten ist das manchmal so!", beharrte Anne.

„Tja, mich hat er aber nicht unsichtbar gemacht, oder?", trumpfte Philipp auf.

„Vielleicht hast du ihn ja auch nur falsch angezogen?", meinte Anne. „Gib ihn mir doch mal!"

„Oh Mann", sagte Philipp genervt, aber er reichte den Umhang weiter. Der Stoff flatterte im Wind, als Anne ihn sich um ihre Schultern legte.

„Und, siehst du mich?", fragte sie.

Philipp verdrehte die Augen. „Ja, Anne, ich sehe dich", sagte er.

Philipp drehte sich um und sah auf die andere Seite zum Tor.

„Und jetzt, Philipp? Siehst du mich?"

Philipp wandte sich um. Anne war verschwunden.

„Wo bist du?", fragte er und starrte in die Dunkelheit.

„Cool, es funktioniert!"

„Wo bist du?", fragte Philipp noch einmal und drehte sich wieder.

„Hier!"

Philipp spürte, dass eine Hand sein Gesicht berührte.

„Ah!", schrie er und wich zurück.

„Ich bin es nur. Ich bin wirklich unsichtbar. Ich habe einfach nur die Kapuze aufgesetzt, das ist der ganze Trick!"

Philipp bekam eine Gänsehaut.

„Oh Mann", flüsterte er.

„Sieh her, jetzt setze ich die Kapuze wieder ab."

Sofort war Anne wieder da.

Philipp war sprachlos.

„Der Zauber funktioniert nur, wenn man die Kapuze aufsetzt", erklärte Anne. „Guter Trick, oder?"

„Äh ... ja", stammelte Philipp und schüttelte ungläubig den Kopf. „Das ist ja wirklich seltsam!"

„Ganz egal, wie seltsam das sein mag!", meinte Anne. „Hauptsache, wir kommen auf diese Weise an den Wachen vorbei! Außerdem können wir uns damit in der Anderswelt prima verstecken. Schließlich wissen wir nicht, was uns dort erwartet, nicht wahr?"

„Ja, stimmt", gab Philipp zu.

„Gut, dann stell dich jetzt neben mich und halte still", sagte Anne.

Philipp steckte sein Notizbuch wieder ein und Anne legte den Umhang über seinen Rucksack und um seine Schultern.

„Super! Der Umhang ist groß genug für uns beide", stellte sie zufrieden fest. Sie zupfte den Stoff sorgfältig zurecht, dann zog sie die Kapuze über ihre beiden Köpfe.

Philipp blickte an sich herab – aber er konnte seinen Körper nicht sehen. Er hatte das Gefühl, als würde er keine Luft bekommen, und zog sich die Kapuze vom Kopf.

„Das ist schrecklich!", rief er.

„Ich habe dir doch gesagt, dass es unheimlich ist", sagte Anne. „Aber wenn wir sie nicht aufsetzen, dann kommen wir nie an den Wachen vorbei."

„Ja, ich weiß, und wir sind völlig schutzlos in der Anderswelt." Philipp seufzte und holte tief Luft. „Na gut! Ich versuche es noch mal!"

Anne zog die Kapuze wieder über ihre Köpfe.

„Ich werde die Kapuze festhalten, damit der Wind sie uns nicht vom Kopf weht", erklärte sie. „Du musst an gar nichts anderes denken als daran, über die Brücke zu gehen!"

„Aber ich kann ja meine Füße nicht sehen!", jammerte Philipp.

„Du musst doch deine Füße nicht sehen, um zu laufen", sagte Anne. „Gib dir Mühe! Tu es für Morgan!"

„Du hast recht", sagte Philipp.

Die Geschwister betraten die Brücke.

„Schau auf gar keinen Fall nach unten!", riet Anne.

Als sie weitergingen, pfiff ihnen der Wind um die Ohren – und dann konnte Philipp auf einmal nicht anders: Er sah nach unten!

Nicht nur, dass er seinen eigenen Körper nicht sehen konnte, unter ihnen wirbelte auch noch der Nebel in wilden Spiralen! Philipp wurde schwindelig und er fühlte sich, als ob er gleich ohnmächtig werden würde. Er blieb stehen.

„Geh weiter", flüsterte Anne.

Philipp atmete tief ein, blickte geradeaus und ging dann weiter. Langsam, Schritt für Schritt, ging er auf das fahle Licht zwischen den Eisenstangen des Tores zu.

Im flackernden Licht der Fackeln sahen die beiden Wachen aus wie Riesen. Philipp hielt den Atem an, als sie – für die beiden unsichtbar – an ihnen vorüberschlichen.

„Und wie sollen wir jetzt das Tor aufbekommen?", rätselte Philipp.

„Wooooschh!", machte Anne auf einmal laut.

Philipp blieb beinahe das Herz stehen. War Anne jetzt völlig verrückt geworden? „Was tust du denn da?", flüsterte er.

„Ich bin der Wind", flüsterte Anne zurück. „Huuii!"

Anne versetzte dem Tor einen Stoß und es schwang auf, als ob der Wind es aufgedrückt hätte.

Philipp sah sich um. Die Wachen sahen direkt zu ihnen herüber.

„Schnell", flüsterte Anne.

Die Geschwister liefen rasch durch das offene Tor.

„Huiiii", machte Anne noch einmal und schob das Tor wieder zu. Es fiel mit einem lauten *„Bäng!"* ins Schloss. Durch die Gitterstäbe beobachtete Philipp, wie die beiden Wachen sich wieder der Brücke zuwandten.

„Gut gemacht", flüsterte er Anne zu.

„Danke", sagte sie.

Philipp und Anne drehten dem Tor den Rücken zu.

„Oh", flüsterte Anne.

„Die Anderswelt!", wisperte Philipp.

Die Anderswelt

Die Anderswelt unterschied sich grundlegend von der dunklen, kalten Welt, die Philipp und Anne gerade hinter sich gelassen hatten.

Sie standen am Rand einer hellen grünen Wiese, die in warmes rosiges Sonnenlicht getaucht war. Drei Pferde – ein schwarzes, ein braunes und ein graues – grasten ganz in der Nähe und auf dem Hügel jenseits der Wiese blühten rote und violette Blumen.

„Es ist ja so hübsch hier!", rief Anne.

„Ja, vielleicht brauchen wir den hier dann jetzt auch gar nicht mehr", sagte Philipp und zog ihnen den Umhang von den Köpfen. Er war richtig erleichtert, Annes Gesicht wieder sehen zu können – und natürlich auch sich selbst!

„Wie lautet der erste Reim noch gleich?", fragte Anne.

Philipp holte sein Notizbuch heraus,

blätterte kurz und las dann vor: *„Hinter dem eisernen Tor im Garten werden die Hüter des Kessels warten."*

Er sah sich vorsichtig um. „Wo sie wohl stecken, die Hüter des Kessels?"

„Psst", machte Anne auf einmal. „Hör doch mal!"

Von der anderen Seite des Hügels hörten sie fröhliche Musik.

„Vielleicht spielen die Hüter des Kessels ja diese Musik?", meinte Anne.

„Kann schon sein ..." Philipp lauschte einen Augenblick und lächelte dann. Von der Musik wurde ihm ganz fröhlich zumute.

„Komm, wir schauen uns die Hüter mal an!", schlug Anne vor.

„Nicht so eilig!", sagte Philipp. „Sollten wir uns nicht zuerst wieder unsichtbar machen? Für alle Fälle?"

„Du hast recht", gab Anne seufzend zu.

Philipp zog ihnen wieder die Kapuze über die Köpfe. Dann gingen sie unsichtbar über die weiche Wiese, vorbei an den grasenden Pferden und den mit Blumen übersäten Hügel hinauf. Oben angelangt, schauten sie hinunter.

„Oh Mann", sagte Philipp.

Der Hügel mündete in eine leicht diesige Waldwiese, in deren Mitte Musikanten auf Flöten, Trommeln, Hörnern und Geigen spielten. Sie trugen blaue und grüne Jacken sowie weiße und gelbe Kleider. Um sie herum tanzten Leute in einem Kreis.

Die Tänzer sahen aus wie Menschen – doch sie hatten eine schimmernde goldene Haut und Flügel, die im leichten Nebel aussahen wie gesponnenes Silber.

„Sie sind so wunderschön!", flüsterte Anne.

„Ja, das sind sie!", bestätigte Philipp.

„Ich glaube nicht, dass wir für sie unsichtbar bleiben müssen", sagte Anne.

„Bestimmt nicht!", stimmte Philipp seiner Schwester zu.

Sie warfen ihren Umhang ab, ließen ihn im taubenetzten Gras liegen und rannten den Hügel hinab zu den geflügelten Tänzern. Doch die Tänzer beachteten sie gar nicht, sondern tanzten einfach fröhlich weiter im Kreis.

„Ich möchte so gerne mit ihnen tanzen", sagte Anne.

„Ich auch", flüsterte Philipp. Das war ungewöhnlich, denn normalerweise tanzte Philipp nicht besonders gerne. Aber jetzt wollte er unbedingt mittanzen.

Philipp setzte seinen Rucksack ab und sah drei Schwerter im Gras liegen. Doch er wunderte sich nicht weiter darüber, denn die Musik rief.

Die geflügelten Tänzer öffneten ihren Reigen, um Anne und Philipp in ihrem Kreis zu begrüßen. Anne hielt Philipps rechte Hand und er ergriff die Hand der schlanken goldenen Tänzerin zu seiner Linken.

Die Tänzerin lächelte ihm zu. Wie die anderen, so war auch sie so groß wie eine Erwachsene, doch in ihrem Gesicht waren keine Falten. Alle Tänzer sahen jung aus – und gleichzeitig uralt!

Während Philipp im Kreis tanzte, machte sein Herz einen Sprung und seine Seele schien zu fliegen. Er verlor seine Brille, doch das kümmerte ihn gar nicht, er tanzte einfach weiter! Und beim Tanzen wurde alles in seinem Gedächtnis auf einmal verschwommen und undeutlich. Er vergaß Morgan, er vergaß Camelot, seine Aufgabe und das Wasser der Erinnerung und Fantasie. Er vergaß all seine Ängste und all seine Sorgen.

„Philipp, sieh doch!", rief Anne.

Philipp sah sie an. „Hallo", antwortete er lachend.

„Nein, nicht mich sollst du anschauen, schau dort drüben! Auf der anderen Seite des Kreises!", rief sie.

„Ich sehe gar nichts", antwortete Philipp.

„Die drei Ritter!", rief Anne. „Die drei tanzenden Ritter!"

„Super", sagte Philipp.

„Nein, Philipp, schau doch genau hin! Sie sehen fürchterlich aus. Richtig krank!", schrie Anne. Sie riss sich los und fiel ins feuchte Gras.

„Philipp", rief sie. „Hör auf zu tanzen!"

Aber Philipp wollte gar nicht aufhören. Er wollte immer weiter zu dieser wilden Musik tanzen, immer weiter und weiter …

Anne lief hinter ihrem Bruder her.

„Aufhören, Philipp!", rief sie. Sie packte ihn an seinem T-Shirt und versuchte, ihn aus dem Kreis der Tänzer zu ziehen.

„Lass mich los, Anne!", protestierte Philipp. „Lass mich in Ruhe!"

Aber Anne ließ nicht los. Sie zog so fest, dass Philipp schließlich die Hände der anderen Tänzer nicht mehr festhalten konnte und ins Gras purzelte.

Die Tänzer und Tänzerinnen mit den silbernen Flügeln schienen das nicht einmal zu bemerken. Sie schlossen einfach den Kreis wieder und tanzten weiter.

„Warum hast du das getan?", rief Philipp. „Das hat mir Spaß gemacht!"

„Schau dir die Ritter an", sagte Anne. „Siehst du sie?"

Philipp sah gar nichts.

Die ganze Welt drehte sich vor seinen Augen und er wünschte sich nichts sehnlicher, als weitertanzen zu dürfen.

„Hier, ich habe deine Brille gefunden", sagte Anne und reichte sie ihm. „Setz sie auf."

Philipp setzte seine Brille wieder auf und schaute auf den Kreis der Tänzer und Tänzerinnen. Sein Blick blieb an im Sonnenlicht glänzenden Rüstungen hängen. Er erkannte drei tanzende Ritter. Zwei von ihnen sahen sehr jung aus. Der dritte war wesentlich älter. Als der sich drehende Kreis die drei Ritter näher brachte, konnte Philipp ihre Gesichter genauer erkennen. Sie schienen keine Freude an der Musik zu haben. Die Ritter sahen müde und erschöpft aus. Ihre Haare und Bärte waren lang und struppig und ihre Gesichter blass und schmal. Ihre Augen blickten starr und wild und auf ihren Lippen war ein geisterhaftes Lächeln eingefroren.

„Was ist denn mit denen los?", fragte Philipp.

„Ich glaube, sie können nicht mehr aufhören zu tanzen", sagte Anne. „Sie tanzen sich zu Tode."

„Das müssen die verschwundenen Ritter von Camelot sein!", vermutete Philipp.

„Wir müssen sie retten!", beschloss Anne.

„Ja", sagte Philipp und strengte sich an, wieder klar zu denken. „Was hältst du davon: Wir reihen uns wieder ein, und zwar zwischen den Elfen und den Rittern ..."

„Super!", unterbrach ihn Anne. „Und dann können wir die Ritter aus dem Kreis herausziehen!"

„Aber was soll ich tun, wenn ich auf einmal selbst nicht mehr aufhören kann zu tanzen?", wandte Philipp ein.

„Du darfst dich nicht von der Musik verführen lassen!", riet Anne. „Du musst an etwas anderes denken: daran, weshalb wir hergekommen sind. Denke an Morgan!"

„Gut!" Philipp nickte. „Ich werde es versuchen."

Philipp und Anne hockten sich ins Gras und warteten. Die Ritter kamen näher und immer näher.

„Jetzt!", schrie Anne.

Die Geschwister preschten nach vorne und reihten sich links und rechts neben den Rittern in den Kreis der Tanzenden ein. Sobald Philipp wieder anfing zu tanzen, war es ihm, als ob seine Beine im Rhythmus der Musik fliegen würden. Eine unbeschreibliche Freude ergriff ihn und es gab nichts mehr, worüber er sich Sorgen machte.

„Jetzt, Philipp!", rief Anne. „Lass los!"

Aber Philipp wollte gar nicht loslassen. Er hörte die Musik und nichts war mehr wichtig … nur das Tanzen.

„Philipp! Lass los! Sofort!", schrie Anne noch einmal.

Philipp schüttelte den Kopf, als ob er Annes Stimme abschütteln wollte.

„Morgan!", brüllte Anne. „Philipp, denke an Morgan!"

Bei dem Namen „Morgan" stolperte Philipp. Dann nahm er alle seine Kraft zusammen, um mit dem Tanzen aufzuhören. Er ließ die Hand des Tänzers an seiner Rechten los und drängte aus dem Kreis. Den Ritter zu seiner Linken zog er einfach mit sich. Anne und die anderen beiden Ritter stolperten mit ihm zusammen ins Gras.

Genau wie vorhin schienen die Tanzenden das gar nicht zu bemerken. Sie schlossen den Kreis wieder und tanzten ihren fröhlichen, zeitlosen Tanz weiter.

Die Geschenke der Ritter

Die drei Ritter lagen im Gras und rangen um Atem.

"Der Tanz … aufhören … wir müssen aufhören …", keuchte der älteste der drei Ritter.

"Sie haben schon aufgehört", sagte Anne. "Wir haben Sie aus dem Kreis herausgezogen!"

Der Ritter machte die Augen auf und blickte Anne und Philipp verwundert an.

Er hatte ein raues, zerfurchtes Gesicht. "Wer … wer seid ihr?", fragte er.

„Freunde", sagte Anne. Sie musste sehr laut sprechen, damit man sie trotz der Musik hören konnte. „Wir kommen von König Artus' Schloss."

„Wir haben eine Aufgabe zu erfüllen", ergänzte Philipp. „Wir wollen das Wasser der Erinnerung und Fantasie holen!"

„Camelot …", flüsterte der Ritter. „Wir kommen auch von Camelot … Aber ich kenne euch gar nicht …"

„Wir sind auch nur zu Besuch", erklärte Anne. „Aber wir wissen viel über Sie. Sie sind Lancelot, nicht wahr?"

„Das stimmt", flüsterte der Ritter.

„Und das sind dann Sir Parzival und Sir Galahad", sagte Philipp.

„Ja … mein Sohn, Galahad …", bestätigte der Ritter.

„König Artus glaubt, Sie wären für immer verloren", sagte Anne.

Sir Lancelot schloss die Augen. „Dieser Tanz … wir haben alles vergessen …"

„Ich weiß", sagte Philipp schaudernd. „Ich glaube, die Tänzer sind die Hüter des Kessels. Man kann nicht an ihnen vorüber, ohne sich in ihren Tanz hineinziehen zu lassen."

„Vater … wir müssen doch … das Wasser …" Galahad versuchte, sich aufzusetzen, aber er war zu erschöpft und sank zurück ins Gras.

„Es ist schon gut!", beruhigte ihn Anne. „Sie müssen sich erst einmal ausruhen!"

Galahad schloss die Augen.

„Ja, keine Sorge", sagte Philipp. „Anne und ich werden das erlösende Wasser für Camelot finden!"

„Ihr? Aber ihr seid doch nur Kinder!", stöhnte Parzival, der dritte der Ritter. „Ihr müsst warten, bis …"

„Zum Warten ist keine Zeit", unterbrach Philipp ihn.

„Genau! Camelot wird sterben! Wir müssen uns beeilen", sagte Anne beschwörend.

„Dann müsst ihr aber … Nehmt das hier", sagte Galahad. Er fasste in eine Ledertasche, die er um die Schulter geschlungen hatte, und nahm eine silberne Schale heraus. Mit zitternden

Händen reichte der junge Ritter Anne die Tasse.

„Eine Tasse!", rief Anne.

„Und nehmt auch das hier", sagte Parzival. Er nahm ein kleines hölzernes Kästchen von seinem Gürtel und reichte es Philipp.

Philipp öffnete den Deckel. In der Mitte des Kästchens war ein Pfeil und drum herum waren eine Menge Markierungen.

„Ein Kompass!", rief Philipp.

„Und das hier …", sagte Lancelot und streifte sich eine Seidenschnur vom Hals. Daran hing ein gläserner Schlüssel.

„Ein Schlüssel", flüsterte Anne.

Lancelot gab Anne den Schlüssel. Die Geschwister betrachteten ihn eingehend, dann hängte Anne sich den Schlüssel um den Hals. Als sie sich wieder umwandten, waren die drei Ritter tief und fest eingeschlafen.

„Schlaft gut", sagte Anne leise. „Ich glaube, die drei müssen ganz schön viel Schlaf nachholen!"

Anne und Philipp standen auf.

„Dann haben wir jetzt alle Gaben, oder?", fragte Philipp. „Aber ich glaube, ich lese besser noch einmal nach."

Er lief zurück zu seinem Rucksack, der im Gras neben den Schwertern der drei Ritter lag. Er zog sein Notizbuch hervor und las den zweiten Reim noch einmal:

*„Vier Geschenke müsst ihr dazu haben:
Das erste von mir –
worauf ich euch verlasse.
Außerdem einen Kompass
und eine Tasse,
dann noch einen Schlüssel –
das sind die Gaben."*

„Super", sagte Anne. „Wir haben den Umhang des Weihnachtsritters und die weiteren Gaben von den anderen drei Rittern. Diese Aufgabe ist wirklich nicht besonders schwer!"

Philipp schüttelte den Kopf. „Wir haben sie noch nicht gelöst!", warnte er. „Wir müssen immer noch den Kessel mit dem Wasser der Erinnerung und Fantasie suchen!"

„Kein Problem", sagte Anne. „Lies den dritten Reim noch einmal."

Philipp schaute wieder in sein Notizbuch und las vor:

*„Wer diese Aufgabe erfüllt,
gehört zu den Besten
und findet die geheime Tür
ganz einfach im Westen."*

„Siehst du? Gar kein Problem!", sagte Anne zuversichtlich. „Wir haben die Wächter und die Tänzer überwunden. Jetzt wird der Kompass uns zeigen, wo Westen ist. Wir haben den Schlüssel, um die geheime Tür zu öffnen. Dann füllen wir die Tasse mit dem Wasser aus dem Kessel. Ist doch alles ganz einfach!"

Philipp machte sich trotzdem noch Sorgen. „Das alles ist vielleicht ein bisschen zu einfach!", dachte er.

„Worauf warten wir noch?", fragte Anne. „Komm, lass uns gehen!"

Philipp sah auf den Kompass. „Gut ...", sagte er. „Der Pfeil zeigt nach Norden. Dann ist Westen also hier!" Er deutete nach links auf ein Dickicht aus Büschen und kleinen Bäumen.

„Super", sagte Anne. „Hier, steck doch die Tasse erst einmal in den Rucksack!"

Philipp verstaute sein Notizbuch und die Tasse in seinem Rucksack, dann gingen sie los.

Sie bückten sich unter Äste und bahnten sich ihren Weg durch Büsche. Dornen zerkratzten ihnen die Hände und Zweige schlugen ihnen ins Gesicht.

„Hör doch, wie still es auf einmal ist", sagte Anne.

Tatsächlich war es auf einmal unheimlich still in dem Dickicht. Keine Vögel zwitscherten in den Büschen, keine Musik drang zu ihnen herüber.

Philipp sah noch einmal auf den Kompass. „Laut Kompass gehen wir immer noch nach Westen", stellte er fest. „Hoffentlich funktioniert dieses Ding hier überhaupt!"

„Es funktioniert", sagte Anne leise. „Schau, dort!"

Anne zog einen belaubten Ast zurück und deutete auf einen felsigen Hügel jenseits des Dickichts. Auf halber Höhe den Hügel hoch war ein Felsvorsprung und darauf schimmerte zwischen zwei riesigen Felsen eine Glastür.

Die Kristallhöhle

„Die geheime Tür", flüsterte Philipp.
„Ja!", sagte Anne.
Philipp steckte den Kompass in seinen Rucksack, dann kämpften Anne und er sich durch das Unterholz und kletterten über die Felsen zu der Tür.
Anne nahm Sir Lancelots Glasschlüssel vom Hals, steckte ihn in das Schlüsselloch und drehte ihn langsam um.
Klick!
„Juchhu!", rief Anne leise und schob die Tür auf.
Vor ihnen tat sich eine riesige, glitzernde Höhle auf. Der Boden, die Wände und die Decke – alles war aus Kristall.
Anne und Philipp traten ein. Die Höhle war erfüllt von tanzenden lilafarbenen Lichtstrahlen.
„Es ist so hell hier drin", flüsterte Philipp. „Wo kommt nur dieses lilafarbene Licht her?"

„Schau nur, dort drüben", sagte Anne und deutete auf einen Spalt in der Wand. „Komm, wir sehen mal nach!"

Sie durchquerten die Höhle und spähten durch den Spalt in eine weitere Höhle. In ihren glitzernden, kristallenen Wänden waren vier Türen und in der äußersten Ecke brannte ein Feuer, dessen Flammen lila tanzten. Über dem Feuer hing ein schimmernder goldener Kessel.

„Das ist er", flüsterte Philipp.

„Wahnsinn", murmelte Anne.

„Der Kessel mit dem Wasser der Erinnerung und Fantasie", wisperte Philipp.

„Genau! Lass uns hingehen!", raunte Anne.

Sie quetschten sich durch den Spalt und gingen auf den schimmernden Kessel zu. Philipp holte Galahads silbernen Becher aus seinem Rucksack.

„Der Kessel ist zu hoch", jammerte Anne. „Wir kommen ja gar nicht an das Wasser!"

„Hier, nimm du den Becher und klettere auf meinen Rücken", sagte Philipp. Er bückte sich und nahm Anne huckepack.

Philipp stand wackelig auf. „Mann, bist du schwer!", stöhnte er. „Mach schnell!"

Anne streckte sich, so weit sie konnte, und schöpfte Wasser aus dem blubbernden Kessel.

„Geschafft", flüsterte sie. „Jetzt setze mich wieder ab – aber vorsichtig!"

Anne hielt den Becher mit beiden Händen fest, während Philipp vorsichtig wieder in die Knie ging. Dann kletterte sie langsam wieder von seinem Rücken. Einen Augenblick lang schauten sie schweigend in das Wasser der Erinnerung und Fantasie in der Tasse. Es war klar und glitzerte.

„Jetzt können wir Morgan retten", sagte Anne.

Genau in diesem Moment bemerkte Philipp einen seltsamen Geruch nach verrottendem Seegras. Dann hörte er ein eigentümliches Gurgeln hinter sich.

Anne und Philipp blickten nach hinten.

Ein riesiges schlammfarbenes Wesen kam durch eine der Türen gekrochen. Das Wesen war lang und schuppig wie ein Krokodil – nur viel, viel größer! Es hatte

Flügel, die aussahen, als bestünden sie aus Tausenden von Spinnennetzen. Es hatte glühende rote Augen und lange, gebogene Krallen. Das Geschöpf öffnete sein riesiges Maul und Spucke tropfte von seinen langen, spitzen Zähnen. Das Tier zischte bösartig und dabei schoss eine heiße bläuliche Flamme aus seinem Maul.

Durch eine der anderen Türen kroch ein weiteres Ungeheuer, dann ein drittes und ein viertes.

„Iiihh", flüsterte Anne.

„Das sind jetzt wohl die echten Hüter des Kessels!", raunte Philipp.

Die vier echten Hüter des Kessels krochen langsam näher, dabei fauchten und zischten sie und schnaubten blaues Feuer.

„Und was machen wir nun?", fragte Anne leise.

„Ich weiß auch nicht", flüsterte Philipp zurück. „Wir sitzen in der Falle!"

„Ich habe eine Idee!", raunte Anne. „Wir trinken von dem Wasser!"

„Und dann?", fragte Philipp.

„Es ist doch das Wasser der Erinnerung und Fantasie, oder?", fragte Anne. „Also, wenn wir davon trinken, dann haben wir vielleicht einen fantastischen Einfall, wie wir hier rauskommen!"

„Du bist ja verrückt", sagte Philipp.

Die Hüter krochen näher und spien dabei unentwegt Feuer. Ihr ekliger Gestank erfüllte die Luft.

„Na gut, lass es uns versuchen", sagte Philipp schnell.

Anne nahm einen kleinen Schluck aus dem silbernen Becher und reichte ihn dann an Philipp weiter. Seine Hand zitterte, als er den Becher an die Lippen führte und einen Schluck trank. Das Wasser schmeckte süß, bitter und würzig – alles in einem!

Philipp gab Anne den Becher zurück.

„Und jetzt stell dir vor, wir wären gerettet!", ordnete Anne an.

Philipp schloss die Augen und versuchte, sich vorzustellen, sie wären gerettet. Er stellte sich vor, wie die vier Hüter rückwärts in die Gänge zurückkrochen, durch die sie gekommen waren.

„Okay, bereit zu kämpfen?", fragte Anne.

Philipp riss die Augen auf. „Was?", fragte er. „Wieso kämpfen?"

Anne stellte die silberne Tasse vorsichtig auf den Boden.

„Los!", rief sie.

Auf einmal hatte Philipp das Gefühl, als sei er von einem Blitz getroffen worden. Jegliche Angst fiel von ihm ab und er fühlte sich stark und voller Wut.

Ohne nachzudenken, machte er gleichzeitig mit Anne einen Satz auf das

Feuer unter dem Kessel zu. Beide griffen je nach zwei langen Ästen vom Rand des Feuers und hoben sie hoch in die Luft. An den Ästen loderte das lilafarbene Feuer.

„Aaaahhh!", schrien Philipp und Anne.

Die vier Hüter fauchten noch wütender als zuvor. Große Feuerbälle sprühten aus ihrem Mund und ihren Nasen.

Philipp und Anne hieben mit ihren feurigen Waffen durch die Luft und stießen damit nach den Hütern. Sie kämpften mit Feuer gegen Feuer: blaue Flammen gegen lilafarbene Flammen.

„Zurück! Zurück!", schrien sie.

Mit jedem Schrei und jedem Stoß fühlte Philipp sich stärker und mutiger. Mit ihren brennenden Ästen drängten sie die Hüter zurück an die Wand.

Die blauen Flammen der Hüter wurden immer schwächer – als ob ihnen der Brennstoff ausginge. Und schließlich verschwand ein Hüter nach dem anderen in dem Gang, aus dem er gekrochen war.

Als die Hüter nicht mehr zu sehen waren, lehnten Anne und Philipp je einen ihrer brennenden Äste vor eine der vier Türen, damit die Ungeheuer nicht wieder hervorkämen.

Dann wischten sie sich die Hände ab.

„Gehen wir", sagte Anne.

Philipp nickte.

Anne nahm die silberne Tasse wieder in die Hand und dann drängten sich die beiden Geschwister durch den engen Spalt. Sie durchquerten die Kristallhöhle und traten hinaus ins helle Tageslicht.

Der gläserne Schlüssel steckte immer noch in der Tür.

Ganz ruhig und gelassen schloss Philipp die Tür hinter ihnen wieder zu, reichte Anne den Schlüssel – und dann gaben seine Beine unter ihm nach und er sank zu Boden.

Ihre Pferde warten!

„Ich kann noch gar nicht glauben, was gerade passiert ist", sagte Philipp.

„Und welchen Teil kannst du nicht glauben?", fragte Anne.

Philipp lachte und schüttelte den Kopf.

„Eigentlich nichts von alledem", sagte er.

Anne lachte jetzt auch. „Das war doch echt cool, oder?"

Philipp rückte seine Brille zurecht und sah sie an. „Nein, mal im Ernst. Kannst du erklären, was da eben passiert ist?", fragte er.

„Ich habe mir vorgestellt, dass wir die vier Hüter des Kessels mit flammenden Schwertern bekämpfen", erklärte Anne. „Und du?"

Philipp zuckte mit den Schultern. „Ich … ich habe mir einfach nur vorgestellt, dass die Hüter in ihre Höhlen zurückkriechen", erzählte er.

„Super", sagte Anne. „Dann haben wir ja

beide bekommen, was wir uns vorgestellt haben!"

Aus der Höhle drang ein wütender Schrei.

„Oje", sagte Anne.

„Komm, gehen wir lieber!", schlug Philipp vor.

Er rappelte sich wieder auf und dann kletterten sie über die großen Felsen nach unten zurück in das Dickicht. Anne ging ganz vorsichtig, damit sie auch ja keinen Tropfen des wertvollen Wassers verschüttete.

Unten angekommen, zog Philipp erneut den Kompass von Parzival hervor. „Da wir nach Westen gegangen sind, um hierherzugelangen, müssen wir jetzt nach Osten gehen, um zurückzukommen", sagte er.

Im Dickicht ging Philipp voraus, damit er den Weg für Anne frei machen konnte. Ohne zu sprechen, kämpften sie sich durch das Unterholz der Bäume und Büsche.

Irgendwann konnten sie die Musik in der Ferne hören. Sie folgten dem Klang und traten schließlich hinaus auf die Lichtung.

Die geflügelten Tänzer tanzten immer noch in ihrem magischen Kreis. Philipps Herz begann, wild zu klopfen. Er hätte zu gerne wieder mitgetanzt.

„Schau mal, die Ritter sind wieder wach", sagte Anne.

Lancelot, Galahad und Parzival standen etwas außerhalb des Tanzkreises.

„Hallo!", rief Anne ihnen zu. „Wissen Sie was? Wir haben es!"

Die Ritter kamen Philipp und Anne auf wackeligen Beinen entgegen. Sie sahen immer noch müde und mitgenommen aus, aber sie waren nicht mehr so blass.

„Wir haben das Wasser der Erinnerung und Fantasie!", jubelte Anne und hielt den silbernen Becher in die Höhe.

Die Ritter lächelten.

„Jetzt müssen wir es nur noch zurück nach Camelot bringen", sagte Philipp.

„Wir würden euch ja gerne helfen!", sagte Sir Lancelot. „Doch ich fürchte, wir haben unsere Pferde verloren!"

„Gar nicht!", widersprach Anne. „Ihre Pferde warten auf Sie!"

„Sie sind auf der anderen Seite des Hügels", erklärte Philipp.

Die Geschwister führten die Ritter über den Hügel. Unterwegs hob Philipp den roten Samtumhang auf. Auf der Wiese waren die drei Pferde. Als die Tiere die Ritter sahen, wieherten sie und kamen angaloppiert. Sir Lancelot streichelte sein schwarzes Pferd, dann wandte er sich an Philipp und Anne.

„Ihr beide könnt mit mir zusammen nach Camelot reiten", schlug er vor.

„Vielen Dank", sagten sie.

Philipp legte sich den roten Umhang wieder über die Schultern. Lancelot half ihnen auf sein Pferd, dann stieg er selbst auf.

Anne saß direkt hinter Lancelot. Mit der rechten Hand hielt sie sich an dem Ritter fest, mit der linken Hand umklammerte sie den silbernen Becher.

„Kannst du das Wasser denn tragen, ohne es zu verschütten?", fragte Philipp besorgt.

„Ich versuche es", antwortete Anne.

Galahad stieg auf sein braunes Pferd und Parzival saß auf sein graues Pferd auf. Dann ritten die drei Ritter über die helle grüne Wiese.

Als sie zum eisernen Tor kamen, zogen die drei Ritter ihre Schwerter.

„Im Namen von König Artus von Camelot, öffnet das Tor!", rief Lancelot. Und obwohl er immer noch etwas heiser klang, lag eine erstaunliche Entschlossenheit und Würde in seiner Stimme.

Das eiserne Tor schwang auf und Sir Lancelot trieb sein Pferd voran.

Hintereinander trotteten die Pferde über die hölzernen Planken. Philipp war erneut erstaunt über den Unterschied zwischen dieser Welt und der Anderswelt. Hier war es dunkel, eisig und nebelig. Der rote Umhang flatterte in einem bitterkalten Wind.

Als die Pferde die Brücke verließen, wieherten sie laut.

„Hey, irre", flüsterte Anne.

Auf einem hohen Felsen stand im wirbelnden Nebel der weiße Hirsch.

Die Rückkehr

Die drei Ritter starrten den weißen Hirsch verwundert an.

„Hier, halte mal", sagte Anne zu Philipp und reichte ihm den silbernen Becher. Dann glitt sie von Lancelots Pferd und rannte auf den Hirsch zu.

„Danke, dass du uns wieder abholen kommst!", rief sie und schlang ihre Arme um seinen Hals.

Die drei Ritter schauten Philipp fragend an.

„Das ist der weiße Hirsch, der uns hierhergebracht hat", erklärte Philipp.

„Seid ihr etwa Zauberer?", fragte Parzival in gedämpftem Ton.

„Nein, nur ganz normale Kinder", beruhigte Philipp ihn. „Doch ich glaube, der Hirsch ist ein Zauberwesen. Wir sind wie im Flug von Camelot hierhergekommen. Ich vermute, er ist gekommen, um uns abzuholen."

„Dann müsst ihr auch mit ihm gehen!",
entschied Lancelot. „Auf ihm wird eure
Reise viel schneller gehen, da bin ich
sicher!"

Sir Lancelot hielt die silberne Tasse,
während Philipp vom Pferd stieg. Dann
nahm Philipp die Tasse vorsichtig wieder
und kletterte damit hinter Anne auf den
weißen Hirsch. Er hielt die Tasse mit beiden
Händen fest, als der Hirsch aufstand.

„Richtet Artus aus, wir werden noch vor
der ersten Nacht des neuen Jahres zurück
in Camelot sein", sagte Lancelot.

„Lebt wohl, Philipp und Anne", sagte
Galahad.

„Glückliche Reise!", wünschte Parzival.

„Ihnen auch", sagte Anne.

„Gute Reise!", wünschte Philipp.

Die Ritter verbeugten sich feierlich.

Der weiße Hirsch blies eine Atemwolke in
die frostige Luft. Dann lief er den Hang
hinunter.

Als der Hirsch am Fuße des Berges
angelangt war, lief er wieder so schnell wie
eine Sternschnuppe. Der rote Umhang

bauschte sich um die Geschwister, er hielt sie warm und schützte sie.

Der weiße Hirsch preschte über die winterlichen Felder. Er rannte vorbei an Schaf- und Ziegenherden, er sprang über zugefrorene Bäche und Flüsse, über Steinmauern und Hecken.

Der Hirsch rannte immer weiter durch die sternenklare Nacht und blieb erst stehen, als er Philipp und Anne wieder zurück zu dem dunklen Schloss Camelot gebracht hatte.

Er schritt über das gefrorene Gras und blieb schließlich in der Nähe des Haines unter dem Baumhaus stehen. Er kniete sich ins Gras, damit Anne und Philipp von seinem Rücken klettern konnten.

Wie durch ein Wunder war die silberne Tasse noch randvoll. Nicht ein einziger Tropfen war verschüttet worden.

„Ich glaube, den Umhang lassen wir besser hier", sagte Philipp. „Sonst stolpere ich noch darüber!"

Vorsichtig stellte Philipp die Tasse zu Boden und Anne half ihm, den roten Samtumhang aufzuknöpfen und abzunehmen. Dann legte sie dem Hirsch den Umhang über den Rücken.

„Der wird dich warm halten und beschützen", flüsterte sie. „Und hab vielen Dank für alles!"

„Ja, vielen Dank", sagte auch Philipp. „Auf Wiedersehen!"

Der weiße Hirsch sah sie mit seinen geheimnisvollen bernsteinfarbenen Augen an, nickte ihnen zu, drehte sich um und verschwand in der Dunkelheit.

Philipp nahm die Tasse wieder in die Hände. „Komm", sagte er und überquerte mit raschen Schritten den äußeren Hof.

„Sei vorsichtig!", mahnte Anne.

„Bin ich ja!", erwiderte Philipp.

Sie gingen über die Zugbrücke in den inneren Schlosshof und schoben schließlich die riesigen Türen auf.

In der großen Halle war alles genau so, wie sie es verlassen hatten: düster und bitterkalt. König Artus, Königin Guinevere, die Ritter der Tafelrunde und Morgan standen immer noch erstarrt und schweigend um den Tisch.

„Und was sollen wir jetzt tun?", fragte Philipp.

„Wir könnten jeden von ihnen mit einem Tropfen des Wassers benetzen!", schlug Anne vor.

„Okay", sagte Philipp. „Dann los!"

Mit angehaltenem Atem und die Augen fest auf die Tasse gerichtet, ging Philipp vorsichtig auf den runden Tisch zu. Auf einmal trat er mit dem linken Fuß auf den Schnürsenkel seines rechten Turnschuhs – und stolperte.

„Philipp!", schrie Anne.

Philipp versuchte, sich wieder zu fangen, doch es war zu spät. Er fiel und die silberne Tasse glitt ihm aus den Händen.

Weihnachtszauber

Entsetzt sahen Philipp und Anne, wie das Wasser auf den Steinboden spritzte und in den Ritzen zwischen den Steinplatten versickerte.

Philipp krabbelte zur Tasse und hob sie auf. Sie war leer.

„Oh nein!", stöhnte Philipp. Er lehnte sich zurück und stützte den Kopf in die Hände. „Jetzt wird Camelot nie wieder aufwachen!", dachte er. „Die Geschichte ist hier zu Ende und ich bin schuld!"

„Philipp", flüsterte Anne auf einmal neben ihm. „Sieh doch!"

Philipp hob den Kopf und rückte seine Brille zurecht. Eine goldene Wolke kam aus allen Ritzen zwischen den Steinen im Fußboden.

Die Wolke breitete sich in Windeseile in der gesamten Halle aus und erfüllte den Raum mit einem wunderbaren Geruch nach Holzfeuer, Rosen und Mandeln. Sie stieg nach oben und waberte durch die oberen Fenster der Halle nach draußen.

Auf einmal erklang ein leises Lachen, das immer lauter wurde. König Artus und Königin Guinevere sahen einander an und lachten. Auch die Ritter der Tafelrunde lachten.

Doch am allermeisten freuten sich Anne und Philipp über Morgans Lächeln.

„Philipp! Anne!", rief Morgan. „Kommt her!"

„Morgan!", rief Anne.

Sie rannte zu Morgan, schlang ihre Arme um die Zauberin und ließ sie nicht mehr los. Philipp stand auf. Die leere Tasse hielt er immer noch in den Händen, aber auch er rannte zu Morgan und umarmte sie.

„Wir haben getan, was der Weihnachtsritter uns aufgetragen hat", erzählte Anne. „Wir haben das Wasser der Erinnerung und Fantasie geholt."

„Doch dann ist mir die Tasse heruntergefallen", ergänzte Philipp. „Ich habe alles verschüttet!"

„Aber das Wasser hat eine goldene Wolke gezaubert!", sprudelte Anne weiter. „Und dann sind alle wieder aufgewacht!"

Morgan lachte und staunte.

„Ihr wart in der Anderswelt?", fragte sie.

„Ja", bestätigte Anne.

„Und der weiße Hirsch hat uns wieder zurückgebracht", sagte Philipp. Er wandte sich an König Artus. „Wir haben gute Nachrichten, Majestät: Ihre Ritter sind wohlbehalten. Lancelot bat uns, Ihnen auszurichten, dass sie noch vor der ersten Nacht des neuen Jahres wieder zu Hause sein werden!"

Der König sah ihn verwirrt an. „Ihr habt sie gefunden?"

„Ja, und es geht ihnen gut", bestätigte Anne.

„Hier", Philipp reichte dem König die silberne Tasse. „Würden Sie das hier bitte Galahad zurückgeben?"

„Und das hier ist für Lancelot", sagte Anne. Sie nahm den Glasschlüssel von ihrem Hals und gab ihn König Artus.

„Oh – und das hier geben Sie bitte Parzival", sagte Philipp. Er holte den hölzernen Kompass aus seinem Rucksack und reichte auch den dem König.

Zuerst war König Artus zu überrascht, um etwas zu sagen. Doch dann klatschte er in die Hände und lachte fröhlich.

„Vielen Dank", sagte er zu Anne und Philipp. Die Ritter der Tafelrunde jubelten.

„Läutet die Glocken!", ordnete der König an. „Ruft die Leute von Camelot im Schloss zusammen!"

„Sie haben sich schon alle vor der Tür versammelt, Eure Majestät", sagte ein Page.

„Hol sie herein!", rief König Artus. „Wir wollen zusammen feiern und fröhlich sein!"

Philipp und Anne hörten auf einmal Kinder lachen. Als sie sich umdrehten, um zu schauen, wo das herkam, sahen sie viele Menschen in die Halle strömen. Sie schleppten einen riesigen Tannenbaum, Kerzen sowie Tannen- und Palmenzweige in die große Halle. Hinter ihnen kamen Musiker mit ihren Instrumenten.

Alle gemeinsam begannen sie, die Halle zu schmücken. Die Musiker spielten ein wunderschönes Weihnachtslied und alle sangen mit.

Anne zupfte ihren Bruder am Ärmel. „Philipp, sieh nur: dort!"

Unter dem Torbogen stand der weiße Hirsch.

Philipp drehte sich aufgeregt zu Morgan um. „Sehen Sie den weißen Hirsch dort drüben?", fragte er sie. „Der hat uns in die Anderswelt gebracht."

Morgan lächelte.

„Ja, ich sehe ihn", sagte sie. „Und jetzt wird mir auch alles klar!"

Philipp schaute wieder zu der Tür. Der weiße Hirsch war verschwunden. An seiner Stelle stand ein alter Mann mit einem langen weißen Bart. In der Hand hielt er einen langen Stab und um die Schultern trug er einen langen roten Samtumhang. Es war derselbe Umhang, den Philipp und Anne bei ihrem Ritt auf dem weißen Hirsch getragen hatten.

„Wer ist das?", fragte Philipp.

„Das ist Merlin, der Zauberer", erklärte Morgan. „Es war Merlin, der euch hierher eingeladen hat. Jetzt verstehe ich das!"

„Merlin?", wiederholte Philipp. „Er hat uns die königliche Einladung geschickt?"

„Genau", bestätigte Morgan. „Dann hat er alle anderen verzaubert und euch in die Anderswelt gebracht."

„Nein", widersprach Anne. „Der Rote Ritter hat alle anderen verzaubert!"

„Und der weiße Hirsch hat uns in die Anderswelt gebracht!", ergänzte Philipp.

Morgan lächelte.

„Merlin war sowohl der Rote Ritter als

auch der weiße Hirsch", erklärte Morgan. „Ihr wisst doch: Merlin ist ein Zauberer, kein Sterblicher. Er kann seine Gestalt ändern, wann immer es ihm beliebt!"

„Wahnsinn", flüsterte Anne.

„Und wieso hat Merlin das alles getan?", fragte Philipp.

„Merlin war schrecklich wütend, als König Artus jegliche Magie von seinem Hof verbannte", erzählte Morgan. „Ich glaube, er hat die Dinge dann einfach selbst in die Hand genommen."

„Aber wie?", fragte Philipp nach.

„Er wusste genau, dass König Artus nicht noch mehr Ritter in die Anderswelt senden würde, um das Wasser der Erinnerung und Fantasie zu holen", sagte Morgan. „Ich nehme an, dass er euch hierhergebracht hat, weil er hoffte, dass ihr euch stattdessen anbieten würdet, auszuziehen."

„Aber wieso wollte er, dass ausgerechnet wir gehen?", fragte Anne weiter.

„Merlin hat oft zugehört, wenn ich von euren Abenteuern mit dem magischen

Baumhaus erzählt habe", sagte Morgan. „Er weiß, dass ihr beide für das Gute kämpft. Und er weiß, dass ihr die Gabe der Fantasie zu nutzen versteht. Das sind zwei wesentliche Voraussetzungen für jede Aufgabe, die man lösen will."

Philipp und Anne schauten quer durch die Halle zu Merlin. Der Zauberer mit dem weißen Bart lächelte ihnen zu, hob seinen Stab, dann schlüpfte er zur Tür hinaus.

Philipp sah sich um. Alle Kerzen und Fackeln brannten. Ein riesiges Feuer flackerte im Kamin. Die Musiker spielten, alle anderen sangen und der große Raum wirkte auf einmal warm und fröhlich.

Nun war das Weihnachtsfest in Camelot doch noch genau so, wie Philipp es sich vorgestellt hatte. Die Verwünschung des bösen Zauberers war gebrochen. Schönheit, Liebe, Freude und Licht waren wieder nach Camelot zurückgekehrt.

Willkommen zu Hause

„Wach auf, Philipp!", rief Anne.

Philipp machte seine Augen auf.

Er lag auf dem Holzfußboden des Baumhauses. Durch das Fenster erkannte er den bewölkten Himmel über dem Wald von Pepper Hill.

„Zeit, nach Hause zu gehen", sagte Anne.

„Oh, ich bin wohl eingeschlafen", sagte Philipp. „Und ich hatte einen ganz unglaublichen Traum! Ich habe geträumt, dass wir in Camelot waren. Es war Weihnachten und Merlin …"

„Das war kein Traum", unterbrach ihn Anne. „Das alles ist wirklich passiert. Du bist während des Festes am runden Tisch eingeschlafen. König Artus hat dich hierher ins Baumhaus getragen. Und ich habe mir gewünscht, dass wir wieder zu Hause wären."

Philipp setzte sich auf.

„Wirklich wahr?", fragte er.

„Wirklich wahr!", bestätigte Anne.

„Phi-lipp! An-ne!", hörten sie ihre Mutter rufen.

„Wir kommen!", schrie Anne aus dem Fenster des Baumhauses zurück. Sie wandte sich an ihren Bruder: „Gehen wir!"

„Und es stimmt wirklich?", wiederholte Philipp immer noch ganz ungläubig. „Das ist wirklich alles passiert?"

„Ja, ganz wirklich!", versicherte Anne. Sie hielt die königliche Einladung hoch. „Siehst du? Das ist der Beweis!"

„Oh … stimmt", flüsterte er.

„Und dieses Mal stand der Buchstabe M für Merlin – nicht für Morgan", sagte Anne.

Philipp lächelte.

„Vielen Dank, Merlin", flüsterte er.

Philipp setzte seinen Rucksack wieder auf, kletterte hinter Anne die Leiter nach unten und dann machten sie sich in der winterlichen Dämmerung auf den Heimweg. Es fing an zu schneien.

Als sie aus dem Wald heraustraten und die Straße entlanggingen, wirbelten die Schneeflocken immer dichter zu Boden.

Doch jetzt konnten sie schon ihr Haus sehen, das ihnen freundlich und hell entgegenleuchtete. Ihre Mutter erwartete sie auf der Veranda.

„Hallo, Mama", sagte Anne.

„Hallo, Mama", sagte Philipp.

„Hallo, Anne und Philipp! Hattet ihr einen schönen Tag?", fragte ihre Mutter.

„Ja!", antwortete Philipp.

„Ziemlich schön sogar!", antwortete Anne.

„Das freut mich", sagte ihre Mutter. „Herzlich willkommen zu Hause!"

Sie hielt die Tür auf und die Geschwister gingen nach drinnen. Im Haus war es ganz besonders warm und gemütlich und aus der Küche roch es sehr lecker. Philipp und Anne zogen ihre Jacken aus und liefen die Treppen nach oben.

Im Gang drehte Anne sich zu ihrem Bruder um und sagte: „Frohe Weihnachten!"

„Dir auch frohe Weihnachten!", antwortete er.

Anne ging in ihr Zimmer und Philipp in seins.

Philipp machte die Tür hinter sich zu und setzte sich auf sein Bett. Er holte sein Notizbuch aus dem Rucksack, schlug es auf und hätte es fast vor Enttäuschung wieder zugemacht. Außer den drei Reimen hatte er sich auf der gesamten Reise nichts mehr aufgeschrieben – überhaupt nichts!

Erschöpft legte sich Philipp zurück auf sein Bett und machte die Augen zu. Er versuchte, sich an alle Einzelheiten ihrer Abenteuer in Camelot und der Anderswelt zu erinnern.

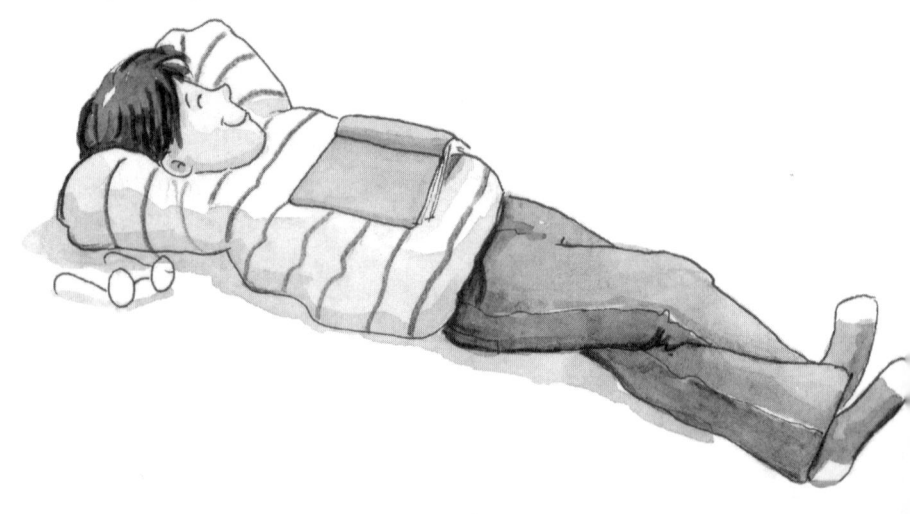

Auf einmal konnte er die fürchterliche Kälte spüren, die in die große Halle einzog, als Morgan erstarrt war. Er konnte die fröhliche Musik wieder hören, zu der die geflügelten Tänzer sich im Kreis gedreht hatten. Und es gelang ihm sogar, den süßen, bitteren, würzigen Geschmack des Wassers der Erinnerung und Fantasie zu schmecken.

Philipp setzte sich auf. Auf einmal war er wieder hellwach. Er blätterte eine neue Seite in seinem Notizbuch auf, nahm sich einen Stift und schrieb:

Es begann damit, dass wir im Dämmerlicht eine weiße Taube sahen ...

Mithilfe seiner Erinnerung und seiner Fantasie schrieb Philipp alles auf. Damit trug er seinen Teil dazu bei, die Legende von König Artus, den Rittern der Tafelrunde, Merlin und Morgan lebendig zu halten.

Vor seinem Fenster wirbelten die Schneeflocken und Philipp schrieb und schrieb und schrieb und hörte nicht eher auf, bis er die ganze Geschichte aufgeschrieben hatte: *seine* eigene Geschichte von ihrem Weihnachtsfest auf Camelot.

Das verzauberte Spukschloss

*In der leeren Halle
ist die Feuerstelle erkaltet,
kein Festschmaus bedeckt die Tafel.
Kein Page steht rufbereit,
dem ermatteten Herrn zu dienen.*

*Aus: Graf Desmond
und die Todesfee
Von: Anonymus*

Die Einladung

„Vielleicht sollte ich statt als Prinzessin lieber als Vampir gehen", sagte Anne.

Sie und Philipp saßen vorne auf der Veranda. Eine kühle Brise rauschte durch die Bäume.

„Du hast aber schon dein Prinzessinnenkostüm", sagte Philipp. „Außerdem bist du beim letzten Halloween als Vampir gegangen."

„Das weiß ich doch. Ich würde mir aber gerne wieder das Gebiss mit den großen Zähnen in den Mund stecken", gab Anne zurück.

„Dann steck dir doch die großen Zähne in den Mund und sei eine Vampirprinzessin", sagte Philipp und stand auf. „Ich gehe jetzt mal meine Dämonenschminke auftragen."

„Krächz!"

„He, Anne, guck mal!", rief Philipp.

Ein großer schwarzer Vogel stieß vom

Himmel herab auf den Boden. Er stolzierte durch das Herbstlaub. Sein Gefieder glitzerte in der goldenen Nachmittagssonne.

„Ist das etwa eine Krähe?", fragte Anne.

„Für eine Krähe ist er zu groß", antwortete Philipp. „Es könnte eher ein Rabe sein."

„Ein *Rabe*?", sagte Anne. „Ist ja toll!"

Der Rabe hob seinen schlanken Kopf und starrte sie mit wachsamen Augen an. Philipp hielt den Atem an.

Der Vogel schlug seine großen schwarzen Flügel auf und ab. Dann erhob er sich in die Luft, segelte dem Herbsthimmel entgegen und nahm Kurs auf den Wald.

Anne sprang auf. „Das ist ein Zeichen! Das magische Baumhaus ist wieder zurück!", rief sie.

„Stimmt!", sagte Philipp. „Los, lass uns gehen!"

Philipp und Anne rannten durch den Vorgarten. Sie liefen die Straße entlang und bogen zum Wald von Pepper Hill ab.

Als sie bei der höchsten Eiche ankamen, sahen sie die Strickleiter im Wind hin und her schwingen. Das magische Baumhaus wartete auf sie.

„Genau wie wir dachten", lächelte Anne.

Philipp folgte ihr die Leiter hoch. Als sie in das Baumhaus kletterten, fanden sie aber kein Zeichen von Morgan, der Zauberin aus dem Königreich Camelot.

„Das ist aber komisch", sagte Philipp und sah sich um.

Der Wind blies kräftiger und rüttelte an den Ästen des Baumes. Ein großes gelbes Blatt flatterte durch das offene Fenster und landete vor Philipps Füßen.

„Oh Mann", sagte er. „Schau dir das an!"

Philipp hob das Blatt auf. Es war

beschrieben. Die Buchstaben sahen altmodisch und verschnörkelt aus.

„Irre!", flüsterte Anne. „Was steht drauf?"

Philipp hielt das Blatt vor das Baumhausfenster. Im schwächer werdenden Licht las er laut vor:

An Anne und Philipp aus Pepper Hill in Pennsylvania:

Am Abend aller Heiligen sucht mich im Herzen der alten Eiche.

M.

„M!", sagte Anne. „Morgan unterschreibt ihre Nachrichten nie mit M."

„Richtig …", sagte Philipp. „Aber …"

„Merlin macht das!", riefen beide gleichzeitig.

„So hat er uns auch die Einladung geschickt, Weihnachten in Camelot zu verbringen", sagte Anne und zeigte auf die königliche Einladung, die in der Ecke des Baumhauses hing.

„Und jetzt lädt er uns zu Halloween ein", sagte Philipp. „Halloween wurde vor langer Zeit *Der Abend aller Heiligen* genannt."

„Weiß ich doch", sagte Anne. „Wir müssen unbedingt hingehen!"

„Klar", antwortete Philipp. „Aber wie kommen wir da hin?"

„Wetten, dass uns unsere Einladung dort hinbringt?", antwortete Anne. „So sind wir am Heiligabend doch auch zur Burg von König Artus gekommen."

„Gute Idee!", antwortete Philipp und zeigte auf die Einladung. „Ich wünschte, wir könnten dorthin gehen, wo ... hm ...?"

„... wo die Einladung auf diesem Blatt herkam", ergänzte Anne.

„Genau!", sagte Philipp.

Der Wind blies jetzt stärker.

Das Baumhaus fing an, sich zu drehen.

Es drehte sich schneller und immer schneller.

Dann war alles wieder still.

Totenstill.

Im Herzen der Eiche

Philipp öffnete seine Augen. Ein kühler Wind wehte ins Baumhaus hinein. Eichenblätter wirbelten vor dem Fenster umher.

„Sieh mal, wir haben unsere Kostüme an!", sagte Anne. „Ich bin doch keine Prinzessin oder Vampirin."

Philipp betrachtete die Kleider, die sie anhatten. Er trug einen Rock, der bis zu seinen Knien reichte, und eine Strumpfhose. Anne steckte in einem langen Kleid mit einer Schürze.

„Kostüme aus Camelot", sagte er leise.

Zusammen sahen sie aus dem Fenster. Sie befanden sich hoch oben in einer mächtigen Eiche, die in einem dichten Wald stand.

„Also, was machen wir nun?", fragte Philipp.

„Die Einladung sagt, dass wir Merlin im Herzen einer Eiche treffen sollen", antwortete Anne.

„Ja, aber was bedeutet das?", gab Philipp missmutig zurück. „Das Herz einer Eiche?"

„Lass uns runtersteigen und es herausfinden", schlug Anne vor.

Vorsichtig legte sie die Einladung in eine Ecke des Baumhauses. Dann kletterten Philipp und sie die Leiter hinunter. Im schwächer werdenden Tageslicht begannen sie, den Eichenstamm zu umrunden.
Sie schritten einmal ganz herum, bis sie wieder zur Strickleiter kamen.

„Wir sind wieder da, wo wir angefangen haben", sagte Philipp.

„Moment mal", sagte Anne. „Was ist das denn?"

Sie deutete auf eine lange, schmale Spalte in der Rinde des Stammes. Ein kleiner Streifen Licht schien aus der Spalte.

Philipp legte seine Hand an die Rinde, wo das Licht schien. Er drückte und der Spalt wurde größer.

„Das ist eine Geheimtür!", rief er.

Er drückte noch fester. Eine hohe, schmale Tür schwenkte nach innen in den Baum. Licht strömte von innen heraus.

„Wir haben es gefunden", flüsterte Anne. „Das Herz der Eiche."

Sie schlüpften durch den schmalen Eingang in den hell erleuchteten Hohlraum des Baumes.

Philipp traute seinen Augen nicht. Hunderte von Kerzen erhellten den runden Raum. Schatten tanzten an seinen gewölbten braunen Wänden.

„Das ist unmöglich!", dachte Philipp. Das Herz der Eiche kam ihm viel größer vor als der Baum selbst.

„Willkommen", wisperte eine tiefe Stimme.

Sie drehten sich um und sahen einen alten Mann, der auf einem Holzstuhl saß.

Er hatte einen langen weißen Bart und trug einen roten Umhang.

„Hallo, Merlin", sagte Anne.

„Hallo, Anne und Philipp. Schön, euch wiederzusehen", sagte der Zauberer. „Ich bin sehr dankbar für die Hilfe, die ihr uns am Heiligabend in Camelot geleistet habt. Morgan und ich glauben, dass ihr uns nun noch einmal helfen könntet."

„Klar, gerne", antwortete Anne.

„Die Zukunft des Königreiches hängt von eurem Erfolg ab", sagte Merlin.

„Sind Sie sicher, dass Sie *uns* haben wollen?", fragte Philipp. „Ich meine bloß, wir sind ja nur Kinder."

„Ihr habt viele Prüfungen für Morgan bestanden", sagte Merlin. „Seid ihr etwa nicht Meisterbibliothekare und Zauberer der Magie des Alltags?"

Philipp nickte zustimmend. „Doch, das sind wir", antwortete er.

„Sehr gut! Eure Fähigkeiten werdet ihr für diese Mission gut gebrauchen können", sagte Merlin. „Außerdem braucht ihr einen Helfer und Berater aus *unserer* Welt."

„Kommen Sie etwa mit uns?", fragte Anne.

„Nein", sagte der Zauberer. „Euer Berater wird jemand sein, der viel jünger ist, als ich es bin. Er ist in meiner Bibliothek. Gestern hat er mir einige Bücher gebracht, die ich mir aus Morgans Bibliothek ausgeliehen habe."

Merlin erhob sich von seinem Stuhl. „Kommt", sagte er und führte sie zu einer Tür in der hölzernen Wand. Er öffnete sie und trat in einen anderen Raum. Philipp und Anne folgten ihm. Das leicht muffig riechende Zimmer war voller Schriftrollen und altertümlich aussehender Bücher. Auf dem Fußboden saß ein Junge, der etwa elf oder zwölf Jahre alt war. Er las im Licht einer Laterne.

„Euer Helfer und Führer", sagte Merlin zu Anne und Philipp.

Der Junge schaute hoch. Er hatte ein freundliches Gesicht mit Sommersprossen und dunklen, zwinkernden Augen. Ein breites Grinsen überzog sein Gesicht.

„Wuff, wuff", sagte er.

„Teddy!", rief Anne laut.

Philipp konnte es nicht glauben. Ihr Helfer war der junge Zauberer, der bei Morgan in die Lehre ging!

Zum ersten Mal war Merlin sehr erstaunt. „Kennt ihr euch etwa?", fragte er.

„Ja, wir haben uns vor einer Weile getroffen, als ich mich versehentlich in einen Hund verzaubert hatte", sagte Teddy.

„Morgan wollte Teddy eine Lehre erteilen", erklärte Anne. „Also schickte sie ihn mit uns auf drei magische Baumhausreisen, bevor sie ihn wieder in einen Jungen zurückverwandelt hat. Er hat uns zum Beispiel vor einer Herde stampfender Büffel gerettet!"

„Und vor einem wilden Tiger in Indien!", fügte Philipp hinzu. „Und vor einem Waldbrand in Australien."

„Das sind wirklich wundersame Reisen", sagte Merlin. „Ich bin froh, dass ihr schon befreundet seid. Eure Freundschaft kann euch auf dieser Mission sehr nützlich sein."

„Was ist das für eine Mission?", wollte Anne wissen.

„Wir befinden uns hier in einer fernab gelegenen Gegend von Camelot", sagte Merlin. „Jenseits der Wälder liegt die Burg eines Herzogs."

Merlin beugte sich zu ihnen herunter, als würde er etwas ganz Geheimes mitteilen. „Eure Mission ist, die Burg des Herzogs wieder in Ordnung zu bringen", sagte er.

Dann richtete sich Merlin wieder auf. Sein Blick war ruhig, aber seine Augen glühten feurig.

„Eine Burg aufräumen?", dachte Philipp, „mehr nicht?"

„Wir nehmen den Auftrag gerne an", sagte Teddy. „Die Mission wird erfüllt!"

Merlin heftete seinen Blick auf Teddy.

„Vielleicht", sagte er. „Aber ich warne dich, mein Junge: Du gehst zu hastig und sorglos mit deinen Zauberformeln um. Auf dieser Mission musst du alle deine Worte weise auswählen!"

„Das werde ich bestimmt tun", sagte Teddy.

Merlin wandte sich zu Anne und Philipp. „Und hier ist auch eine Warnung für euch", sagte er. „Ihr seid im Begriff, einen Tunnel der Angst zu betreten. Schreitet nur mutig voran, dann werdet ihr bald wieder Licht sehen."

Merlin ergriff die Laterne und übergab sie Teddy. „Die Burg des Herzogs liegt im Osten. Beeilt euch!", sagte er. „Die Ordnung muss so schnell wie möglich wiederhergestellt werden."

Teddy nickte Merlin zu. Dann drehte er sich zu Anne und Philipp um. „Auf zur Burg des Herzogs!", sagte er und führte sie aus dem Herzen der Eiche hinaus.

Rok

Draußen war es kühler geworden. Das Tageslicht nahm immer mehr ab. Der Wind hingegen nahm zu.

„Ein wundervolles Abenteuer für uns, was?", sagte Teddy.

„Klar!", antwortete Anne.

Philipp war ebenfalls aufgeregt, aber er hatte auch viele Fragen.

„Was genau ist unsere Mission jetzt eigentlich?", fragte er.

„Vielleicht will Merlin, dass wir die Böden wischen und die Teller waschen", witzelte Teddy.

„Und die Betten machen", sagte Anne. Sie und Teddy lachten.

„Unsere Mission wird sicher schwieriger sein, als Hausarbeiten zu erledigen", sagte Philipp. „Was meinte Merlin mit dem Tunnel der Angst?"

„Oh, ihr braucht euch vor der Angst nicht zu fürchten", sagte Teddy. „Ich kann schließlich zaubern, falls ihr euch daran erinnert."

„Teddy, hast du irgendetwas über Zauberei gewusst, bevor du zu Morgan und Merlin kamst?", fragte Anne.

„Natürlich! Mein Vater war Zauberer", sagte Teddy. „Und meine Mutter war eine Waldelfe aus der anderen Welt."

„Ist ja irre", sagte Anne.

Es raschelte, als sie durch die Haufen abgestorbener Blätter gingen.

Schließlich führte Teddy sie aus dem Wald heraus auf eine Lichtung. „Halt!", sagte er.

Sie stoppten. Auf der anderen Seite der Lichtung befand sich ein Dorf. Durch die Fenster der kleinen Häuser schimmerte Kerzenlicht. Rauch stieg aus den Schornsteinen nach oben in die Abenddämmerung.

Teddy hielt die Laterne hoch. „Vorwärts", sagte er.

Sie liefen einen unbefestigten Weg entlang, der durchs Dorf führte. In den Eingangstüren standen Kinder in lumpigen Kleidern und spähten zu ihnen hinüber.

„Seid gegrüßt", sagte Teddy. „Wisst ihr, wie man zur Burg des Herzogs kommt?"

„Die Burg", sagte ein Junge mit ängstlicher Stimme. „Sie ist gleich hinter dem Wald." Er zeigte auf einen Wald gegenüber dem Dorf. „Folgt einfach dem Weg, dann kommt ihr dorthin."

„Oh, ihr solltet aber nicht dorthin gehen!", rief ein Mädchen.

„Warum nicht?", fragte Anne.

„Irgendetwas ist merkwürdig auf der Burg, seitdem die Raben da waren", sagte das Mädchen.

„War denn schon mal jemand da und hat geguckt, was los ist?", fragte Philipp.

„Nur die alte Meggie, die dort arbeitet", sagte das Mädchen. „Wie immer ging sie vor zwei Wochen zur Burg. Aber sie ist sofort zurückgerannt und war ganz aufgelöst vor Angst."

„Meggie sagt, dass es überall auf der Burg spukt", sagte ein Junge. „Sie wiederholt ständig denselben Reim."

„*Gespenster*", sagte Philipp und bekam einen trockenen Mund.

Aber Teddy lachte nur. „Gespenster machen mir keine Angst!", sagte er.

„Seht mal!" Eines der Mädchen zeigte nach oben. „Die Raben sind wieder da!"

Ein Schwarm großer schwarzer Vögel flog tief am dunkelgrauen Abendhimmel entlang. Die Dorfkinder kreischten. Einige Erwachsene stürmten aus ihren Häuschen.

„Haut ab!", schrie eine Frau. Sie hob eine Handvoll kleiner Steine auf und bewarf die Raben damit. „Lasst uns in Ruhe!"

„Aufhören! Aufhören!", rief Anne. „Sie tun ihnen weh!"

Ein Stein traf einen der Raben. Er stürzte zur Erde.

„Oh nein!", schrie Anne.

Die Erwachsenen drängten ihre Kinder in die Hütten. Türen knallten zu und Fensterläden wurden geschlossen.

Anne lief zu dem Vogel und kniete sich neben ihn. Der Vogel saß zusammengekauert auf der Erde und spreizte seine Flügel leicht. Sein Kopf war nach unten gebeugt und er gab leise piepsende Töne von sich. Eine seiner Schwanzfedern war verbogen.

„Es tut mir leid, was sie dir angetan haben", sagte Anne sanft zu dem Raben. Sie streichelte seinen seidenen schwarzen Kopf. „Wie heißt du denn?"

„*Rok*", krächzte der Rabe.

„Rok, du heißt Rok", sagte Anne.

„Rok, Rok", krächzte der Rabe.

„Rok, aus irgendeinem Grund haben sie Angst vor dir gehabt", sagte Anne.

Rok gab sanfte, glockenähnliche Töne von sich. *„Krong? Krong?"*

„Ja, deswegen haben sie dich vom Himmel geholt", sagte Anne. „Eine Schwanzfeder ist verbogen. Aber deine Flügel scheinen nicht verletzt zu sein."

Roks lange schwarze Flügel flatterten. Er machte ein paar schwächliche Gehversuche.

„Weiter so!", trieb Anne ihn an. „Du schaffst es!"

Wieder schlug der Rabe mit seinen Flügeln. „Kork!", krächzte er. Dann hob er vom Boden ab.

„Sehr gut!", sagte Anne und klatschte in die Hände.

Rok schwang seine Flügel auf und ab. Er glitt immer höher hinauf in die Abenddämmerung. *„Ko, ko"*, rief er, als ob er ihr danken wollte.

„Sei vorsichtig, Rok", rief Anne.

Alle winkten, als der Rabe schließlich am Himmel davonsegelte.

„Ich frage mich, warum die Leute hier so viel Angst vor Raben haben?", sagte Anne.

„Ja", sagte Philipp, „und was bedeuten die Gespenstergeschichten?"

„Gespenster?", fragte Teddy. Er lächelte. „Solange ihr bei mir seid, braucht ihr euch vor Gespenstern nicht zu fürchten."

Philipp zuckte mit den Schultern. „Eigentlich habe ich gar keine Angst", sagte er.

„Keine Angst?", sagte ein schwaches Stimmchen.

Philipp, Anne und Teddy wirbelten herum.

In einem dunklen Hütteneingang stand eine alte Frau. Sie beugte sich vor. Mit gebrochener Stimme sagte sie:

„Wo ist das Mädchen,
das die Wolle zu Fäden spinnt?
Wo sind die Jungen,
die Schach spielen
vor dem Schlafengehen?
Wo ist der Hund,
der auf sein Futter sinnt?"

Die alte Frau starrte sie mit einem furchtsamen Blick an. Dann trat sie in ihre Hütte zurück und schloss die Tür.

Ein Frösteln lief über Philipps Rücken. „Sehr eigenartig", sagte er.

„Das muss die alte Meggie gewesen sein, die auf der Burg arbeitet", sagte Anne. „Ich frage mich, worüber sie gesprochen hat?"

„Keine Ahnung", sagte Teddy. Er grinste. „Aber sie konnte ganz gut reimen, was?"

Philipp nickte. „Das konnte sie wirklich", sagte er leise.

Die drei ließen die Hütten hinter sich und eilten durch die zunehmende Dunkelheit.

Sie verließen das Dorf und folgten dem Pfad durch den Wald.

Teddy hielt seine Laterne hoch, um ihnen den Weg zu leuchten. Der Wind blies durch die Äste und es klang, als ob sie in die kühle Herbstnacht flüsterten.

Als sie endlich aus dem Wald herauskamen, stockte ihnen der Atem vor Erstaunen.

„Oh Mann!", sagte Philipp.

Die Steinmauern einer gewaltigen Burg türmten sich im Mondlicht vor ihnen auf.

Auf der Burg

Die Burg lag ruhig und friedlich vor ihnen. Weder brannten Kerzen in den Fenstern noch standen Wachen am Tor.

Auch keine Bogenschützen drehten auf der Burgmauer ihre Runden.

„Hallo!", rief Teddy.

Niemand antwortete.

„Die Burg ist ja nicht gerade gut beschützt, was?", meinte Teddy. „Unsere Mission dürfte einfach werden."

„Ja", stimmte Anne zu.

Philipp sagte gar nichts. Er hätte sich wohler gefühlt, wenn Wachen die Burg beschützt hätten. Das wäre einem doch normaler vorgekommen.

Philipp und Anne folgten Teddy über die Holzbrücke zur Torhalle.

Teddy hielt seine Laterne vor das oben abgerundete zweitürige Tor. Spinnennetze glänzten im trüben Licht.

„Hallo! Dürfen wir reinkommen?", rief er.

Stille. Sie starrten auf das schwere Holztor.

„Keine Angst, ich werde uns da schon reinbekommen", sagte Teddy.

Der junge Zauberer stellte seine Laterne zur Seite. Er atmete tief ein und rieb seine Hände aneinander. Dann breitete er seine Arme aus und rief: „Öffnet euch, ihr zwei eichenen Türen …"

Er schaute Anne und Philipp an.

„Schnell! Was reimt sich auf Türen?"

„Hm … anrühren", antwortete Philipp.

„Prima", sagte Teddy. Er breitete seine Arme erneut aus und rief:

„Öffnet euch, ihr zwei eichenen Türen!
Öffnet euch oder wir werden
die schmutzigen Teller nicht anrühren!"
Nichts passierte.

Teddy sah Anne und Philipp an. „Schlechter Reim", sagte er.

„Bist du dir sicher, dass das Tor überhaupt verschlossen ist?", fragte Philipp.

„Wollen wir doch mal sehen", sagte Anne und drückte gegen eine Tür. Philipp drückte gegen die andere Tür.

Langsam und knarrend öffnete sich das Tor.

„Ah, hervorragend", sagte Teddy lachend. „Gehen wir?"

Die Torhalle der Burg war kalt und leer. In der beißenden Kälte konnte Philipp seinen Atem sehen. Er hörte ein Knarren. Sie alle drehten sich um und guckten. Die schweren Türen bewegten sich von selbst und fielen mit einem dumpfen Schlag zu.

Einen Augenblick lang starrten sie auf das Tor. Dann brach Teddy das Schweigen.

„Interessant", sagte er fröhlich.

Philipp versuchte zu lächeln. „Wirklich, sehr interessant", sagte er. Ihn fröstelte und er konnte nicht sagen, ob vor Kälte oder vor Angst. „Und jetzt?", fragte er sich. „Betreten wir jetzt den Tunnel der Angst?"

„Vorwärts!", sagte Teddy. Er führte sie durch die Torhalle hindurch auf den Burghof.

Nirgendwo gab es irgendwelche Lebenszeichen. Philipp dachte an den Reim der alten Frau:

Wo ist das Mädchen,
das die Wolle zu Fäden spinnt?
Wo sind die Jungen,
die Schach spielen
vor dem Schlafengehen?
Wo ist der Hund,
der auf sein Futter sinnt?

Philipp überlegte, was wohl der Reim bedeutete. Welches Mädchen? Welche Jungen? Welcher Hund?

Teddy überquerte den Burghof, um zum Eingang eines großen Gebäudes zu gelangen. Schnell folgten Philipp und Anne ihm.

Teddy hielt seine Laterne hoch, sodass sie hineinsehen konnten. Dort war eine

Reihe sauberer, leerer Boxen. Sättel und Zügel hingen an Halterungen an der Wand.

„Das müssen die Ställe sein", sagte Philipp.

„Aber da sind keine Pferde", sagte Anne.

„Macht nichts, hier sieht's ordentlich aus", sagte Teddy. „Vorwärts!"

Er führte sie zum geöffneten Eingang eines anderen Gebäudes. Teddys Laterne leuchtete auf einen Backsteinofen, eine offene Feuerstelle und von den Dachbalken herunterhängende Zwiebelketten.

„Die Küche", sagte Philipp.

„Aber es sind keine Köche und keine Dienstboten da", sagte Anne.

„Macht nichts! Auch hier ist's aufgeräumt", sagte Teddy. „Weiter!"

Während sie über den mondhellen Hof wanderten, sah Philipp rechts und links umher. Dann blickte er hinter sich. „Falls es hier Geister gäbe", fragte er sich, „wie sähen sie aus? Wie Halloweengespenster in Bettlaken?"

Er hielt an.

„Was ist denn?", fragte Anne.

Philipp rückte seine Brille gerade. „Wollen wir hier einfach von Gebäude zu Gebäude spazieren?", fragte er. „Was für eine Strategie haben wir denn?"

„Strategie?", fragte Teddy.

„Philipp meint, wir sollten einen Plan machen", erklärte Anne.

„Aha, richtig", sagte Teddy. „Eine hervorragende Idee. Ein Plan, ja, ein Plan!" Er grinste. „Wie machen wir das denn?"

„Nun, zuerst fragen wir uns: Wohin genau gehen wir gerade?", antwortete Philipp.

Teddy sah sich um und zeigte auf einen Hauptturm, der sich über dem Hof erhob. „Dorthin", sagte er. „Der Bergfried, dort wohnt die Familie – der Herzog und die Herzogin."

„Gut", sagte Philipp. „Und dann? Was machen wir, wenn wir dort sind?"

„Wir steigen die Treppen hoch", sagte Teddy, „und gucken uns auf jeder Etage um."

„Und wenn irgendetwas unordentlich ist, dann räumen wir auf", sagte Anne.

„Und dann?", fragte Philipp.

„Gehen wir wieder!", sagte Teddy. „Unsere Mission wäre damit erledigt."

Philipp nickte. Das war zwar weder ein

großer Plan noch eine Mission, dachte er. Aber der Teil mit dem „Wieder-Gehen" gefiel ihm sehr. Er hoffte, dass sie so weit sein würden, bevor irgendwelche Gespenster auftauchten. „Okay", sagte er.

Teddy führte sie zum Eingang des Hauptturmes. Er drückte gegen die Holztür und sie gingen hinein.

Dunkle schemenhafte Figuren tauchten auf den Steinmauern auf.

„Ahhh!", schrie Philipp. Er sprang rückwärts und stieß mit Anne zusammen.

Anne lachte. „Das sind nur unsere Schatten", sagte sie.

Philipp kam sich albern vor. „Ja, richtig. Entschuldigung", sagte er. Er atmete tief durch. „Okay, lasst uns das Treppenhaus suchen!"

Bald kamen sie zu einer Wendeltreppe.

„Die Treppe", sagte Anne.

„Sollen wir hochgehen?", fragte Teddy.

„In der Tat. Nach oben!", sagte Philipp und versuchte, wie Teddy zu klingen.

Teddy hielt die Laterne hoch und machte sich daran, die steilen Steinstufen hochzusteigen. Philipp und Anne folgten ihm.

Als sie im ersten Stockwerk ankamen, führte Teddy sie zu einer Zimmertür. Sie spähten hinein und sahen aufgereihte Helme, Schilde, Speere und Schwerter.

„Die Waffenkammer", sagte Philipp.
„Jawohl", sagte Teddy.
„Hier scheint alles ordentlich zu sein", sagte Anne.

Philipp nickte. Ihm gefiel die Ordnung in dem Raum. Dadurch fühlte er sich sicherer.

„Sollen wir weiter?", sagte Teddy.
„Natürlich", sagte Philipp. Er fühlte sich viel mutiger.

Sie gingen zur Treppe zurück und stiegen weiter nach oben. Im dritten Stockwerk spähten sie durch einen gewölbten Eingang in einen riesengroßen Raum.

Teddy benutzte die Kerze seiner Laterne, um die Fackeln anzuzünden, die neben dem Eingang hingen. Im flackernden Licht sah Philipp eine hohe Decke und mit Teppichen behangene Wände.

„Das ist der Festsaal", sagte er.

„Schauen wir uns hier doch mal um", sagte Anne. „Guckt nach, ob vielleicht irgendetwas nicht in Ordnung ist."

Während die drei langsam vorwärtsgingen, hielt Philipp Ausschau nach Gespenstern.

Teddy hielt seine Laterne hoch und leuchtete über die lange Festtafel.

„Aha!", sagte er. Auf dem Tisch lagen Brotkrümel und verwelkte Blumenblüten verstreut, außerdem klebte Kerzenwachs auf ihm. Der Fußboden unter dem Tisch war auch schmutzig. Dort lagen Essensreste und abgenagte Knochen herum.

„Endlich haben wir etwas gefunden, was wir aufräumen können", sagte Teddy. „Sollen wir?"

Philipp entdeckte einen Strohbesen in der Ecke. „Klar", sagte er. „Ich fege den Boden."

„Ich mache den Tisch sauber", sagte Anne.

„Ich kratze das Wachs ab", sagte Teddy.

Philipp griff sich den Strohbesen und begann, um den Tisch herum zu fegen. Er kehrte alles zusammen: Apfelschalen, Fischgräten, Eierschalenstückchen und Käsereste.

Als er alles zu einem ordentlichen Haufen zusammengefegt hatte, fühlte er sich wohl. Sie waren dabei, ihre Mission auszuführen. „Wir werden die Burg aufräumen, genau wie Merlin es uns gesagt hat", dachte er, „und bald gehen wir wieder."

Plötzlich kreischte Anne.

Philipp ließ den Besen fallen und drehte sich blitzschnell um.

„Seht mal!", schrie Anne mit weit aufgerissenen Augen. Sie zeigte auf den Kamin am Ende des Festsaals.

Vor dem Kamin schwebte ein großer weißer Knochen in der Luft. Er tanzte auf und ab. Dann kam er geradewegs auf sie zu.

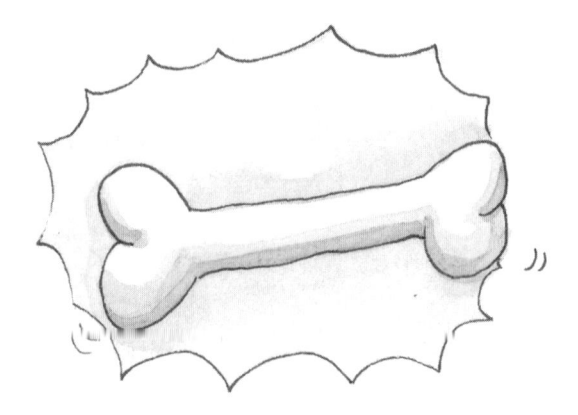

Gespenster

„Aaahhh!", brüllte Teddy.

„Aaahhh!", brüllte Philipp.

„Aaahhh!", brüllte Anne.

Schreiend rannten alle zusammen zur Tür. Der Knochen kam hinterher.

Teddy führte sie an, als sie durch den Bogengang flitzten und die Wendeltreppe hinaufstiegen.

Philipp sah sich um.

„Er kommt immer noch hinterher", kreischte er.

„Aaahhh!", brüllten alle wieder.

Auf der nächsten Etage stürmte Teddy in das nächstbeste Zimmer.

„Beeilt euch!", rief er.

Er zog Anne und Philipp ins Zimmer und schlug die Tür zu. Sie lehnten sich zitternd und keuchend an die Tür.

„In Sicherheit", sagte Teddy, nach Luft schnappend. „In Sicherheit vor dem Knochen!" Dann fing er zu lachen an.

Philipp lachte auch. Er lachte vor lauter Schrecken und er konnte gar nicht mehr aufhören.

„Hört mal!", sagte Anne. „Ich höre ein Geräusch!"

Teddy hörte auf zu lachen und lauschte. Philipp hielt sich mit der Hand den Mund zu. Er horchte. Er hörte ein schwaches Klicken, aber er konnte nichts sehen.

Teddy zündete mit der Flamme seiner Laterne die Fackel neben der Tür an. Dann sahen sie sich um.

„Sieht aus wie ein Spielzimmer", sagte Teddy.

Das Fackellicht erleuchtete ein Kinderzimmer. Drei kleine Betten standen darin. Hölzernes Spielzeug lag auf dem Boden verstreut. Eine lange weiße Gardine flatterte vor einem geöffneten Fenster.

Das klickende Geräusch kam aus einer dunklen Ecke.

„Was ist das?", flüsterte Anne. Sie ging in die Richtung, aus der das Geräusch kam.

Philipp und Teddy folgten ihr. Teddy hielt seine Laterne hoch. Ihr Licht schien auf ein

kleines Spinnrad. Neben dem Spinnrad
stand ein Korb voll Wolle und ein langer
verstaubter Spiegel.

Das Spinnrad drehte sich und spann
einen Faden, obwohl niemand es berührte.
Es spann von ganz alleine!

„Seht mal!", flüsterte Anne.

Sie zeigte auf einen niedrigen Tisch
neben dem Spinnrad. Auf dem Tisch lag
ein Schachbrett. Hölzerne Figuren standen
auf den Feldern des Brettes.

Aber einige der Figuren standen nicht
bloß so herum!

Während Philipp, Anne und Teddy auf das Brett guckten, rutschte ein Pferd langsam von einem Feld zum nächsten! Dann tat die Dame dasselbe!

„Huch!", sagte Anne.

„Gespenster!", sagte Teddy.

„Nichts wie weg!", sagte Philipp.

Sie stürzten durch den Raum. Teddy riss die Tür auf. Der weiße Knochen hing in der Luft – genau vor der Tür!

„Aaahhh!", brüllten sie.

Teddy knallte die Tür zu und alle drei kauerten sich zusammen. Sie hatten Angst wegzugehen und Angst davor zu bleiben. Philipps Herz pochte wie wild. Er konnte kaum atmen.

„Ich – ich dachte, du hättest keine Angst vor Gespenstern!", sagte er keuchend zu Teddy.

„Ja, also … also, ich glaube, ich habe gerade entdeckt, dass ich doch Angst vor ihnen habe", sagte Teddy.

„Was machen wir nun?", fragte Philipp.

„Reimen", sagte Teddy. Er gab Anne seine Laterne, warf die Arme in die Luft und reimte:

„Geister der Erde, Geister der Luft!"

Dann sah er Anne und Philipp an.

„Schnell! Was reimt sich auf Luft?"

„Schuft!", sagte Philipp.

Teddy schüttelte den Kopf. „Ich fürchte, ein Schuft macht die Sache noch schlimmer!"

Angestrengt dachte Philipp über ein besseres Wort nach, das sich auf Luft reimte.

„Moment mal!", sagte Anne. „Ich hab's! Ich hab's!" Sie grinste Philipp und Teddy an.

„Hat sie jetzt ihren Verstand verloren?", fragte sich Philipp.

„Erinnert ihr euch daran, was die alte Meggie gesagt hat?", fragte Anne. Dann sagte sie den Reim auf:

*„Wo ist das Mädchen,
das die Wolle zu Fäden spinnt?"*

Anne deutete auf das Spinnrad in der Ecke. „Dort ist es!", sagte sie. „Es spinnt gerade mit dem Spinnrad."

Anne sagte noch mehr auf:

*„Wo sind die Jungen, die Schach spielen
vor dem Schlafengehen?"*

Anne zeigte auf das Schachbrett. „Dort sind sie!", sagte sie. „Wahrscheinlich sind es ihre Brüder. Sie spielen gerade Schach!"

Sie sprach weiter:

*„Wo ist der Hund,
der auf sein Futter sinnt?"*

Anne stieß die Tür des Kinderzimmers auf. Philipp und Teddy sprangen vor Schreck zurück.

„Habt keine Angst!", sagte Anne. „Es ist nur ein Hund! Er trägt einen Knochen in seinem Maul. Das seht ihr doch, oder? Das Mädchen, die Jungen, der Hund – sie sind alle hier! Aber sie sind unsichtbar!"

Merlins Diamant

Philipp und Teddy waren sprachlos. Sie starrten Anne an, die auf dem Boden kniete und mit dem unsichtbaren Hund sprach.

„Hallo du", sagte sie mit sanfter Stimme. „Hast du Hunger?"

Der Knochen sank zu Boden, machte eine Umdrehung und wippte von einer Seite zur anderen.

„Seht ihr, jetzt rollt er sich mit seinem Knochen im Maul auf dem Rücken. Der Ärmste!"

„Der Ärmste?", fragte Philipp.

„Wir müssen ihm helfen", antwortete Anne. Sie stand auf. „Wir müssen *allen* helfen – auch dem Mädchen und seinen Brüdern."

Sie eilte durch das Zimmer. Philipp und Teddy folgten ihr. Anne stoppte neben dem Spinnrad.

„Wir können euch nicht sehen", sagte

Anne. „Aber wir haben keine Angst vor euch. Wir wollen euch helfen. Könnt ihr mich hören?"

Das Spinnrad hörte auf, sich zu drehen.

„Sie kann uns hören!", sagte Anne zu Philipp und Teddy. Anne wandte sich wieder dem Gespenstermädchen zu.

„Was ist mit dir, deinen Brüdern, dem Hund und allen anderen in der Burg geschehen? Wie seid ihr alle unsichtbar geworden?"

Philipp spürte einen kalten Luftzug im Nacken.

„Ich glaube, sie bewegt sich!", sagte Anne.

„Genau! Und zwar zum Spiegel", sagte Teddy. „Seht mal!"

Ein unsichtbarer Finger kritzelte etwas in den Staub. Allmählich formten sich vier Wörter:

Der Schicksalsdiamant wurde gestohlen.

„Das ist ja kaum zu glauben!", rief Teddy. „Das hier muss die geheime Burg sein, die den Diamanten des Schicksals bewacht!"

„Was ist das denn?", fragte Philipp.

„Ein magischer Diamant, der Merlin gehört", antwortete Teddy. „Er war im Knauf des berühmten Schwerts eingelegt, das König Artus vor vielen Jahren aus dem Stein hervorzog."

„Oh, die Geschichte kenne ich", sagte Anne. „Dadurch ist er überhaupt König Artus geworden!"

„Ja!", sagte Teddy. „Und eines Tages wird der Diamant des Schicksals dem nächsten rechtmäßigen Herrscher von Camelot dieselbe Stärke und Macht verleihen."

„Das muss Merlin wohl gemeint haben, als er sagte, dass Camelots Zukunft von uns abhängt", sagte Anne.

„In der Tat!", sagte Teddy.

„Wartet mal! Wartet mal!", sagte Philipp. „Mir ist das Ganze noch nicht klar. Was hat denn der Schicksalsdiamant mit den unsichtbaren Kindern und dem Hund zu tun?"

„Nachdem Artus König geworden war, gab Merlin den Diamanten einer adeligen Familie aus Camelot", sagte Teddy. „Der Name der Familie wurde geheim gehalten. Solange die Familie den Edelstein sicher aufbewahrte, so hieß es, würde das Glück immer auf ihrer Seite sein. Aber sollten sie es nicht schaffen, ihn zu beschützen, dann würden sie ihr Leben aushauchen."

„Aha! Also kam der Familie der Stein abhanden!", sagte Anne. „Und nun haben sich alle in Gespenster verwandelt."

„Genau!", sagte Teddy.

„Ich frage mich, wo auf der Burg der Diamant aufbewahrt wurde", sagte Philipp.

„Gute Frage", sagte Teddy. „Wahrscheinlich in einem besonders guten Versteck, vielleicht in einem der Türme?"

„He, schaut mal her!", rief Anne. Sie zeigte mit dem Finger auf die Wand neben dem Spiegel.

Ein langer, schwerer Wandteppich wurde zur Seite gezogen und gab den Blick frei auf eine kleine Tür in der Steinmauer. Die Tür öffnete sich langsam.

„Das Gespenstermädchen!", sagte Anne. „Sie zeigt uns das Geheimversteck des Diamanten!"

Alle drei schritten eilig zur Steinmauer und blickten in einen kleinen Wandschrank. Die Wände des Schränkchens waren aus Gold und Elfenbein. Aber es war leer.

Anne schaute umher. „Gespenstermädchen?", fragte sie. „Wer hat den Diamant des Schicksals aus dem Geheimversteck genommen?"

Wieder erschienen Buchstaben auf dem Spiegel, die ein unsichtbarer Finger schrieb:

Der Raben...

„Oh nein!", wisperte Teddy. „Bitte nicht!"

Philipp bekam wieder Angst.

„Was meinst du mit ‚Oh nein, bitte nicht!'?", fragte er.

Der Finger schrieb noch ein Wort in den Staub:

...könig

„Genau wie ich befürchtet habe", sagte Teddy und senkte seine Stimme. „Der Rabenkönig!"

Eins, zwei, drei!

„Also deshalb hatte Merlin um diese Bücher gebeten", sagte Teddy.

„Welche Bücher? Wer ist der Rabenkönig?", fragte Philipp.

„Jetzt wird mir alles klar!", sagte Teddy.

„Teddy, welcher Rabenkönig?", fragte Philipp.

„Aber ich frage mich, wie er den Diamanten des Schicksals gefunden hat", redete Teddy einfach weiter.

„Teddy, wer ist der Rabenkönig?" Beinahe schrie Philipp ihn an.

„Er ist ein Furcht einflößendes Wesen, das aus der anderen Welt stammt", sagte Teddy. „Ich habe alles über ihn gelesen. Es stand in einem der Bücher, die ich für Merlin aus Morgans Bibliothek mitbrachte. Als kleiner Junge sehnte sich der Rabenkönig danach, ein Vogel zu sein, damit er fliegen konnte. Er stahl eine Zauberformel von dem weißen

Winterzauberer, aber er besaß nicht genügend Zauberkunst, um die Formel richtig anzuwenden. So hat die Formel nur zur Hälfte funktioniert. Was dazu geführt hat, dass er zur Hälfte ein Vogel und zur Hälfte ein Mensch ist."

„Oh Mann!", sagte Philipp.

„Jetzt befehligt er ein riesiges Heer von Raben, die ihn als ihren König ansehen", sagte Teddy.

„Warum sollte er den Schicksalsdiamanten stehlen?", fragte Anne.

„Ich weiß es nicht", gab Teddy zurück. „Aber wir müssen ihn unbedingt wiederbekommen! Die Zukunft Camelots hängt davon ab!"

„Und wegen der Gespensterkinder", sagte Anne. „Und dem Gespensterhund!"

Sie sah im Zimmer umher. „Macht euch keine Sorgen. Wir werden den Diamanten des Schicksals zurückbekommen!"

„Zurückbekommen?", fragte Philipp. „Wie denn? Wir wissen doch noch nicht mal, wo dieser verrückte Rabenmensch ist?"

„Sieh mal", flüsterte Teddy. „Noch mehr Schrift. Sie hat dich gehört."

Vier weitere Wörter erschienen langsam im Staub des Spiegels:

Nest auf der Bergspitze

Philipp spürte einen kalten Luftzug. Der Vorhang, der das Fenster bedeckte, wurde zur Seite gezogen.

Philipp, Anne und Teddy gingen zum Fenster und sahen hinaus. In der Ferne erhob sich ein zerklüfteter Berg vor dem mondhellen Himmel.

„Ah", flüsterte Teddy. „Dort also lebt der Rabenkönig. Ich dachte, sein Nest befindet sich in der anderen Welt."

„Das macht kaum einen großen Unterschied", sagte Philipp. „Wir schaffen es sowieso nie, bis zur Spitze des Berges zu kommen."

„Richtig!", sagte Teddy. „Kein gewöhnlicher Sterblicher kann einen so steilen Felsen erklimmen."

„Wir werden den Diamanten nie zurückbekommen!", rief Anne.

„Ich sagte: kein *gewöhnlicher Sterblicher*", sagte Teddy. „Vergesst nicht, dass ich ein Zauberer bin!"

„Schon wahr, aber deine Reime wirken ja nie", sagte Anne.

„Schon wahr, aber ich habe mehr als bloß Reime", sagte Teddy. Er zog einen Zweig aus der Tasche.

„Was ist das?", fragte Philipp.

„Das ist ein verzauberter Zweig von einem Haselnussbaum", sagte Teddy.

„Sein Zauber ist stark genug, um mich in alles zu verwandeln, was ich sein möchte!"

„Irre!", sagte Anne.

„Hat Morgan ihn dir gegeben?", fragte Philipp.

„Nein", sagte Teddy. „Morgan und Merlin wissen nicht einmal, dass ich ihn habe. Eine Waldelfe, die eine Nichte meiner Mutter ist, gab ihn mir. Und zwar für den Fall, dass ich in tiefe Not gerate."

„In was willst du dich verwandeln?", fragte Anne.

„In einen Raben natürlich", sagte Teddy.

„Teddy ist verrückt", dachte Philipp.

Aber Anne schien das nicht zu denken. „Was für eine tolle Idee", sagte sie.

„Einen kleinen Augenblick mal eben", sagte Philipp.

„Hast du einen Plan? Ich meine, was machst du, nachdem du dich in einen Raben verwandelt hast?"

„Ich werde zum Bergnest fliegen", sagte Teddy. „Den Diamanten suchen – finden – zurückbringen! Mission erfolgreich beendet!"

„Und was machen wir?", fragte Anne.

„Ihr wartet hier auf mich. Ich werde so

schnell wie möglich zurückkommen", sagte Teddy. Er kletterte auf das Fensterbrett. Das Mondlicht warf Teddys langen Schatten über den Fußboden.

„Viel Glück!", sagte Anne.

„Danke schön", sagte Teddy. Er hob den Haselnusszweig hoch.

„Stopp!", rief Philipp. „Könnten wir uns noch ein bisschen über deinen ‚Plan' unterhalten?"

Aber Teddy wedelte bereits mit dem Zweig durch die Luft.

„Teddy, stopp!", sagte Philipp.

Aber Teddy begann zu reimen:

*„Oh Haselnusszweig,
der Waldelfe Zauberei,
mach mich zum Raben ... Schnell!"*,
sagte er. „Was für ein Wort reimt sich auf Zauberei?"

„Warte!", sagte Philipp.

„Das reimt sich nicht auf Zauberei", sagte Teddy.

„Eins, zwei, drei!", rief Anne.

„Hervorragend!", sagte Teddy. Er fing wieder von vorne an:

*„Oh Haselnusszweig,
der Waldelfe Zauberei,
mach mich zum Raben,
eins, zwei, drei!"*

Er wedelte wie wild mit dem Zweig umher.

„Vorsicht!", sagte Philipp. Er duckte sich und legte seine Arme über den Kopf.

Plötzlich hörte er ein lautes Brausen. Er fühlte einen Hitzestrahl. Dann hörte er ein merkwürdiges Quietschen.

Philipp blickte umher. Teddys Haselnusszweig lag auf dem Boden. Philipp sah auch Teddys Schatten auf dem Boden. Aber es war kein Jungenschatten mehr.

Philipp fröstelte.

Ein großer Rabe kauerte auf dem Fenstersims. Das Mondlicht schien auf seine blauschwarzen Flügel, auf die zotteligen Kehlkopffedern, auf seinen kräftigen Hals und auf seinen großen Schnabel.

Ein zweiter Rabe stand unter dem Fenster. Er sah aus wie der andere, nur etwas kleiner.

„Wo ist Anne?", fragte sich Philipp verwirrt. Er versuchte, ihren Namen zu rufen. Aber aus seiner Kehle kam nur ein furchtbares Krächzen: *„Ark-ne!"*

Philipp fühlte sich wie in einem schrecklichen Albtraum gefangen. Sein Kopf drehte sich ruckartig und er blickte an seinem Körper hinunter.

Seine Arme hatten sich in pechschwarze Flügel verwandelt. Seine Beine sahen aus wie spindeldürre Zweige mit vier langen Zehen, an denen gebogene Krallen waren.

Teddy hatte sie versehentlich alle in Raben verwandelt. Eins, zwei, drei!

Das Nest des Rabenkönigs

"Kräh-Phril! Kräh-Ark-ne!", krächzte Teddy.

Teddy sprach zwar Rabensprache, aber Philipp verstand ihn sofort. Teddy hatte gesagt: „Entschuldigung, Philipp und Anne!"

Anne trippelte nach vorne. Sie flatterte zur Fensterbank und ließ sich neben Teddy nieder.

„Gra-Knorki!", krächzte sie. „Das macht Spaß!"

„Knorki?", piepte Philipp. *„Spaß?"*

„Kroh-Phril", krächzte Anne. *„Kah-Krie!"*

„Komm schon, Philipp, lass uns losfliegen."

Anne und Teddy hoben vom Fensterbrett ab und verschwanden in den mondhellen Nebelschwaden.

„Das kann doch nicht wahr sein", dachte Philipp.

Er sah seine Federn und Krallen an. Erst streckte er seinen rechten und dann seinen linken Flügel aus. Mit beiden schlug er auf und ab. Bevor er richtig wusste, was mit ihm geschah, hob er unbeholfen vom Boden ab und landete auf dem Fensterbrett.

Philipp sah, wie Anne und Teddy im Mondlicht umherflogen. Sie wirbelten wie die Akrobaten herum, hechteten und purzelten durch die Luft.

„*Ark-ne-kow!*", krächzte Philipp. „Anne, komm zurück!"

„*Krie! Krie-Krow!*", gab Anne zurück. „Flieg, flieg doch!"

„*Ark-ne!*"

Nach einem Sinkflug glitt Anne wieder hoch. Sie flog einen eleganten Bogen, schwebte zum Fenster und landete neben Philipp.

„Das macht irre Spaß, Philipp!", krächzte sie. „Sitz hier nicht herum!"

Teddy flog an ihnen vorbei.

„Ich bin auf dem Weg zur Bergspitze!", krächzte er. „Fliegt mit mir!"

„Los, Philipp!", krächzte Anne. Sie flog hinter Teddy her und stürzte durch die kühle Nachtluft.

„Oje!" Die Furcht hatte sich in Philipps kleinem Rabenherz eingenistet. „Jetzt bin ich ganz bestimmt in den Tunnel der Angst geraten", dachte er.

Merlins Worte echoten in seinem Kopf: „Schreitet mutig voran und ihr werdet bald wieder zum Licht finden!"

Philipp blickte in die Nacht hinaus. Er schloss seine Augen und sprang vom Fenstersims.

Philipp fiel in die Tiefe. Er öffnete seine Augen und flatterte. Seine Flügel trugen ihn hoch. Er versuchte, sein Gleichgewicht zu halten. Philipp schwebte durch die kalte Nachtluft. Als er hinuntersah, fiel er beinahe in Ohnmacht! Der Burghof lag ganz weit unter ihm.

Philipp flatterte wie wild mit den Flügeln. Er ließ sich gleiten. Dann flatterte er wieder. Flatternd und gleitend flog er immer höher in den Himmel.

Schließlich hatte er Anne und Teddy eingeholt. Sie kreisten in der Luft und warteten auf ihn.

„*Rark*", krächzte Philipp. „Vorwärts!"

Die drei flogen durch die mondhelle Nacht und steuerten auf das Nest des Rabenkönigs zu.

Sie schwangen sich an einer Seite des Berges hoch, vorbei an Schierlingspflanzen und hohen Kiefern. Sie flogen durch lange, schleierartige Nebelwolken, immer weiter nach oben.

Als sie auf den Berggipfel zusegelten, stieß Teddy leises Gekrächze hervor: „Rabenheere!"

Philipp spähte durch die Nacht. Er traute kaum seinen Augen. Im hellen Mondlicht erblickte er Tausende Raben, die auf den Felsvorsprüngen hockten.

Philipp, Teddy und Anne flogen weiter. Sie stiegen höher als die Rabenheere, immer höher und höher bis zum zerklüfteten Gipfel. Als sie seine Spitze erreichten, stieß Teddy einen kreischenden Laut aus.

„Da!", krächzte er. „Das Nest des Rabenkönigs!"

Ein Stück von einem Stern

Teddy landete auf einer Felskante. Philipp und Anne taten es ihm nach. Die Dunkelheit erbarg sie und sie kauerten sich so eng zusammen, dass ihre schwarzen Federn sich berührten. Sie starrten hinab auf das vom Mondlicht beschienene Lager des Rabenkönigs.

Das riesige Königsnest war unter einem Felsvorsprung versteckt. Es war aus Lehm, Zweigen und länglichen Streifen von Baumrinde gebaut. Zwei Rabenposten standen vor dem Eingang Wache.

„Okay", krächzte Philipp leise. „Wie lautet der Plan?"

„Hört gut zu!", antwortete Teddy. Er flüsterte in Rabensprache – leises Schnarren und Krächzen war zu hören –, um seinen Plan darzulegen.

„Ich werde die Wachen ablenken. Anne, du gibst acht auf den Eingang. Philipp, du gehst in das Nest und holst den

Diamanten. Dann kehrt ihr beide zur Burg zurück und wartet dort auf mich."

„Und was ist mit dem Rabenkönig?", krächzte Philipp.

„Ich habe das Gefühl, dass er nicht da ist", antwortete Teddy. „Sonst wären hier Legionen von Leibwächtern. Aber wir sollten uns beeilen, bevor er zurückkommt!"

Philipp hatte noch viele Fragen zu dem Plan. Aber bevor er sie stellen konnte, hob Teddy von seinem Platz ab und flog ebenfalls zum Eingang.

„Los geht's!", rief Anne und flog zum Eingang.

Philipp geriet in Panik. Er plusterte seine Federn auf. „Wartet, Leute!"

Aber es war zu spät. Teddy flog bereits im Sturzflug auf die Rabenposten zu!

„Ark-ark-ark!"

Die beiden Wachen verließen ihren Posten und flogen mit schrillen Schreien auf Teddy zu. Sie jagten ihn bis hoch in den Himmel.

Anne schwang sich zum Eingang des Nests. „Mach schon, Philipp!", krächzte sie.

Philipp sprang von der Felskante und flog auf das riesige Nest zu. Ohne nachzudenken, trippelte er durch den Eingang.

Ruckartig bewegte er den Kopf von einer Seite zur anderen. Mit seinem Rabenblick sah er Wände aus einem Gemisch von getrocknetem Lehm, Tierhaaren, Reben und Zweigen.

Philipp trat einen Schritt vorwärts. Er stoppte. Keine Spur vom Rabenkönig. Er schaute sich im Nest um. An einer Stelle sah die Nestwand anders aus, nämlich schwarz glänzend. Er ging darauf zu und berührte sie mit dem Schnabel. Es war gar keine Wand. Es war ein Federvorhang.

Philipp zwängte sich durch den Federvorhang. Der Mond schien in das angrenzende Zimmer. In seinem kühlen Licht glitzerten haufenweise Gold- und Silbermünzen. Blanke Perlen, Smaragde und Rubine glänzten und funkelten.

Inmitten all dieser Schätze befand sich ein blauweißer Kristall. Er war kaum größer als eine Murmel, aber sein Licht leuchtete besonders hell. Er strahlte, als ob jemand ein Stück von einem Stern abgebrochen hätte.

Philipp wusste sofort, dass dies der Diamant des Schicksals war. Mit pochendem Rabenherz hüpfte er zu dem Diamanten und stupste ihn mit seinem Schnabel an. Schillernde Lichtstrahlen schossen aus dem Diamanten hervor.

„*Phril-Phril*", rief Anne von draußen nach ihm. „*Krie-ko!* Sie kommen!"

Vorsichtig pickte Philipp den Diamanten mit seinem Schnabel auf. Er spürte, wie ein Gefühl von Tapferkeit und Stärke ihn durchströmte. Anne wiederholte ihre Warnung.

Aber Philipp hatte keine Angst mehr.

Gelassen spazierte er aus dem Nest des Rabenkönigs in die Nacht zurück.

Andere Posten waren in Alarm versetzt worden. Aufgebracht flogen sie mit wütendem Gekreische auf die Bergspitze zu.

„Krak-Krak-Krak!"

Philipp sah Anne auf dem Felsrand hocken. „Beeil dich, Philipp! Beeil dich!", krächzte sie.

Anne flog den Berg hinunter. Philipp hielt den Diamanten fest im Schnabel, schwang seine Flügel und stieg in die Lüfte auf. Er flog Anne hinterher.

Als beide von der Bergspitze ins Tal hinuntersegelten, zerriss ein Chor von *„Kraks"* die Stille der Nacht. Tausende ruhende Raben erhoben sich in die Nacht und sahen aus wie eine riesige schwarze Wolke. Ihr Flügelschlag klang wie grollender Donner.

„Krie-Krie!", krächzte Anne. „Flieg! Flieg!"

Philipp und sie glitten hinunter zur Burg des Herzogs. Der Flügelschlag der Rabenarmee donnerte immer noch oberhalb der Bergspitze. Aber keiner der Raben jagte hinter ihnen her.

„Ohne ihren Rabenkönig wissen sie nicht, was sie tun sollen", dachte Philipp. Er fragte sich, wo ihr König geblieben war. Aber mit dem Schicksalsdiamanten im Schnabel verspürte er keine Angst.

Je weiter Philipp und Anne sich vom Berg entfernten, umso leiser wurde das Flügelschlagen der Rabensoldaten.

Die Burg des Herzogs kam in Sichtweite. Sie landeten auf dem Fensterbrett des Kinderzimmers. Der Diamant des Schicksals war in Sicherheit!

Wo ist er?

Philipp und Anne hockten auf der Fensterbank und spähten ins Kinderzimmer.

Teddys Laterne und sein Haselnusszweig lagen auf dem Fußboden, aber von Teddy war nichts zu sehen.

„Teddy ist noch nicht hier", krächzte Anne. „Wir machen besser weiter und bringen den Diamanten an seinen Platz zurück!"

Philipp regte sich nicht. Er wollte den Diamanten gar nicht sofort loswerden. Er fühlte sich nämlich immer noch unglaublich mutig.

„Philipp?", krächzte Anne. „Wir sollten ihn in das Versteck zurückbringen. Ich ziehe den Wandteppich zur Seite!"

Anne flatterte zum Teppich, der an der Wand hing. Sie schwebte in der Luft und nahm den Teppichrand in den Schnabel. Dann versuchte sie, den Teppich beiseitezuziehen. Aber er war zu schwer. Sie ließ wieder los.

„Ich kann ihn nicht bewegen", krächzte sie. „Wenigstens nicht, solange ich ein Rabe bin! Wir müssen wohl warten, bis Teddy da ist, um uns wieder in uns selbst zu verwandeln."

Sie flatterte auf das Fensterbrett und landete neben Philipp. Philipp war erleichtert. Je länger er den Diamanten behalten konnte, umso besser.

„He", krächzte Anne. „Vielleicht können wir Teddys Haselnusszweig benutzen. Ich kann sowieso besser reimen als er! Es schadet bestimmt nichts, wenn wir es mal versuchen!"

Philipp schüttelte warnend den Kopf. Aber Anne bemerkte es nicht. Sie hüpfte hinunter zum Haselnusszweig, der neben dem Fenster lag. Vorsichtig pickte sie den Zweig auf.

Sie flatterte wieder hoch auf das Fensterbrett und hockte sich neben Philipp. Dann bewegte sie ihren Kopf hin und her, strich mit dem Zweig über Philipps gefiederten Kopf, über seinen Körper, seine Flügel und seine Krallen. Sie strich mit dem Zweig auch über ihren Federkopf und ihre Flügel.

Immer noch den Zweig im Schnabel, stimmte sie einen tiefen krächzenden Ton an:

„*Har-har-Rie-rie!*
Phril-Kril-Ark-ne!"

Das hieß:

„Oh Haselnusszweig vom Haselnussstrauch, verwandle Philipp in sich und auch mich wieder in mich!"

Es brauste mächtig, blitzte und gab eine Hitzewelle!

Philipp hörte Anne kichern. „Juchuhhh! Ich hab's geschafft, dass der Zauber wirkt. Schau doch!"

Philipp sah auf seine Arme, Beine und Füße hinunter.

„Cool", keuchte er.

Ark-ne und *Phril* waren nicht mehr da. Anne und Philipp wieder zurück!

Philipp bewegte seine Finger und Zehen. Er spürte sein Gesicht: seinen Mund, seine Nase und seine Ohren. Er war sehr froh, wieder seinen eigenen Körper zu haben.

„Teddy wird sich wundern", sagte Anne. „Er tut so, als sei er das einzige Kind, das zaubern kann."

Sie sah sich im Kinderzimmer um. „Hallo! Wir sind wieder da!", rief sie den unsichtbaren Kindern zu. „Ratet mal, was wir haben! Wir haben den Diamanten!"

„Der Diamant! Wo ist er?", fragte Philipp. „Ich muss ihn fallen gelassen haben, als du mich verwandelt hast."

Plötzlich hörten sie es am Fenster rauschen und flattern.

„Teddy!", rief Anne. Sie und Philipp drehten sich rasch um. Aber es war nicht Teddy.

Ein entsetzliches Geschöpf hockte stattdessen auf dem Fensterbrett des Kinderzimmers. Es war zum Teil ein Mensch und zum Teil ein Rabe. Es hatte seidige Federn als Haar, einen Schnabel als Nase sowie scharfe Krallen und trug einen bauschigen Federumhang, der im leuchtenden Mondlicht wie eine schwarze Rüstung glänzte.

„Guten Abend", sagte der Rabenkönig.

Gefangen

Philipp und Anne waren so erschrocken, dass sie kein Wort über ihre Lippen brachten.

Der Rabenkönig sprang vom Fenster auf den Fußboden. Seine Rabenleibwächter rauschten ins Zimmer hinein. Schnell waren Philipp und Anne von dunklen Flügeln, scharfen Schnäbeln und wachsamen Augen umstellt.

Als seine Wächter ihre Stellung bezogen hatten, drehte der Rabenkönig seinen Kopf von einer Seite zur anderen und schaute erst Philipp und dann Anne an.

„Wo sind die zwei Raben, die meinen Diamanten gestohlen haben?", fragte er mit rauer Stimme.

„Welche … welche Raben?", fragte Philipp mit zittriger Stimme. Verzweifelt wünschte er, dass er den Diamanten des Schicksals noch hätte, damit der ihm Stärke und Mut gäbe.

„Die Raben, die zu dieser Burg geflogen sind, nachdem sie meine Schatzkammer überfallen haben", sagte der Rabenkönig. „Wo verstecken sie sich?"

Philipp versuchte, sich vorzustellen, dass er den Diamanten noch immer bei sich trug. „Von denen wissen wir gar nichts", sagte er mit leiser, fester Stimme. So zu tun, als ob er den Diamanten noch bei sich trug, gab ihm tatsächlich ein mutiges Gefühl.

„Ihr habt also keine Ahnung von ihnen?", fragte der Rabenkönig.

„Nein, Sie müssen die falsche Burg erwischt haben."

„Vielleicht habt ihr recht", sagte der Rabenkönig. „Aber seid ihr wirklich sicher, dass ihr sie nicht gesehen habt? Sie sahen diesem Kleinen hier sehr ähnlich."

Der Rabenkönig warf seinen Umhang über die Schulter zurück und hielt ihnen einen eisernen Vogelkäfig entgegen. In ihm hockte ein gefangener Rabe.

„Phril, Ark-ne!", krächzte der Rabe.

„Teddy!", schrie Anne.

„Er heißt Teddy?", sagte der Rabenkönig. „Wie nett. Ich habe also Teddy erwischt. Ich denke, er wäre ein wunderbares Haustier, oder etwa nicht?"

Philipp war entsetzt, Teddy als Gefangenen des Rabenkönigs zu erblicken.

„Es ist nicht nett!", sagte er. „Es ist grausam. Sie lassen ihn besser frei oder es passiert was!"

„Ja, lassen Sie ihn sofort gehen", sagte Anne. „Sonst passiert was!"

„Passiert was?", fragte der Rabenkönig. „Was passiert denn?" Er gab ein raues Gelächter von sich.

Während der König lachte, warf Philipp einen Blick auf den Boden unter dem Fenster. Dort entdeckte er den Haselnusszweig. Er ging vorsichtig einen Schritt darauf zu.

Der Rabenkönig sah ihn, sein Lachen hörte abrupt auf. *„Krie-Kor!"*, krächzte er einem seiner Leibwächter zu.

Philipp sauste zum Zweig. Aber bevor er ihn an sich reißen konnte, war der Leibwächter des Königs über den Boden gerauscht, hatte sich auf den Zweig gestürzt und ihn mit seinem Schnabel geschnappt. Als der Rabe ihn zum Fenster trug, sah Philipp, dass eine seiner Schwanzfedern verbogen war.

„Philipp, sieh mal! Das ist Rok!", sagte Anne. Zum Vogel rief sie: *„Rok, Rok!"*

Oben vom Fenster sah der Rabe hinunter.

„Rok, ich bin's, Anne", sagte sie. „Ich habe dir geholfen, als die Leute im Dorf Steine nach dir geworfen haben. Erinnerst du dich?"

„Was für ein Blödsinn!", krächzte der Rabenkönig. „Bring mir den Zweig, Vogel!"

Rok bewegte sich nicht. Er hielt den Haselnusszweig im Schnabel fest und starrte auf Anne hinunter.

„Gib Philipp den Zweig, Rok", sagte Anne. „Dann kann er Teddy wieder in einen Jungen verwandeln."

„Dieser hässliche Zweig ist ein Zauberstab, nicht wahr?", sagte der Rabenkönig. „Bring ihn mir, Vogel! Sofort!"

„Tu es nicht, Rok!", sagte Anne. „Lass dich nicht mehr von ihm herumkommandieren!"

Mit seinen dunkelbraunen Augen starrte der Rabe Anne einen Augenblick lang an. Dann sah er den Rabenkönig an. Er schaute Anne noch einmal an. Dann sauste er zu Philipp hinunter und ließ den Haselnusszweig neben seinen Fuß fallen.

Philipp schnappte ihn.

„Verräter", beschimpfte der Rabenkönig Rok. „Dafür wirst du büßen!" Er warf sich auf den Raben. Rok versuchte, zu entwischen, aber der Rabenkönig packte ihn bei der Kehle.

Philipp musste Rok retten! Er zeigte mit dem Zweig auf den Rücken des Rabenkönigs und rief:

„Oh, Haselnusszweig vom Haselnussbaum,
erfülle ihm seinen Kindertraum!"

Ein ohrenbetäubender Wind brauste durch das Zimmer. Blendendes Licht blitzte auf. Dann war alles vorüber. Der Rabenkönig war verschwunden. Sein Umhang lag auf dem Boden. Rok hüpfte unverletzt umher.

Unter dem Federumhang war ein heiserer Schrei zu hören: *„Ork!"*

Anne hob den Umhang hoch und ein winziger Rabe kam zum Vorschein.

„Ohh!", sagte sie sanft.

Der Vogel streckte seinen spindeldürren Hals. „Ork", krächzte er noch einmal.

„Selber hallo!", sagte Anne lächelnd. Sie streichelte die flaumigen Kopffedern des Raben. Dann schaute sie zu Philipp hoch. „Wie bist du auf den Reim gekommen?"

„Er kam mir einfach in den Sinn", sagte Philipp. „Ich wusste, dass ich Rok retten musste. Aber ich wollte den Rabenkönig nicht verletzen. Ich glaube, eigentlich hatte ich sogar Mitleid mit ihm."

„Also hast du ihm geholfen, dass er endlich seinen Wunsch erfüllt bekommt", sagte Anne. „Du hast ihn in einen Babyraben verwandelt!"

„Ja", sagte Philipp. „Jetzt kann er sein ganzes Leben als Vogel verbringen."

Rok flog auf das Fensterbrett. Er sah die anderen Raben an. Es war klar, dass er ihr neuer Anführer war.

„*Gro-gro!*", krächzte Rok.

Er trat zur Seite. Die Rabentruppe verließ das Kinderzimmer – einer nach dem anderen. Zwei von ihnen flogen neben dem neuen Mitglied des Vogelschwarms, das noch etwas hilflos mit seinen Flügelchen flatterte.

Rok war der Letzte, der losflog. Er starrte Anne und Philipp mit einem tiefen Blick an. Dann hob er vom Fensterbrett ab und flog ins silbrige Licht der Morgendämmerung.

Ein neuer Tag

„*Krächz!*"

Ein leises Krächzen kam aus dem Käfig auf dem Fußboden.

„Teddy!", rief Anne.

„Beinahe hätten wir dich vergessen!", sagte Philipp.

„*Krächz*", krächzte Teddy wieder.

„*Ich* verwandle ihn zurück!", sagte Anne zu Philipp.

„Okay, aber lass mich zuerst aus dem Weg gehen!", sagte Philipp. Er reichte Anne den Haselnusszweig. Dann ging er rasch hinüber zum Fenster.

Anne trat näher an Teddys Käfig heran. Sie schloss ihre Augen und dachte nach. Dann wedelte sie mit dem Zauberstab und sagte:

„Oh, Haselnusszweig vom
Haselnussbaum!
Mach ihn zu Teddy hier
in diesem Raum!"

Ein mächtiges Brausen war zu hören. Helles Licht erfüllte den Raum. Dann war der Käfig weg und Teddy war wieder ein Junge. Er saß auf dem Fußboden.

„Super!", rief Anne.

„Gut gemacht!", rief Teddy. „Danke schön!"

Anne und Philipp halfen Teddy beim Aufstehen.

Teddy schüttelte seine Arme und Beine. „Ahhh! Es ist gut, wieder ein Mensch zu sein!", sagte er. „Und nun müssen wir der Familie des Herzogs helfen. Wo ist der Diamant?"

„Wir haben ihn verloren!", sagte Anne.

„Tja, ich hatte ihn im Schnabel", sagte Philipp. „Aber ich muss ihn fallen gelassen haben, als Anne uns zurückverwandelt hat."

„Keine Sorge!", sagte Teddy. „Dann muss er hier ja irgendwo liegen!"

Sie krochen auf allen vieren und suchten auf dem Fußboden herum. Aber von dem Diamanten war nichts zu sehen.

Plötzlich hörte Philipp Teddy tief einatmen.

„Oh nein!", flüsterte Teddy. „Sieh mal!" Er starrte in die Ecke.

Der Diamant des Schicksals erhob sich aus dem Wollkorb und schwebte neben dem Spinnrad.

„Das Gespenstermädchen muss ihn versteckt haben, als der Rabenkönig kam!", flüsterte Anne.

Der Diamant bewegte sich langsam auf Philipp zu und hielt vor ihm an. Philipp öffnete seine Hand und der Diamant legte sich auf seine Handfläche.

„Danke!", sagte Philipp zu dem Gespenstermädchen. „Ich werde ihn wieder an seinen Platz zurücklegen."

Vorsichtig trug Philipp den Diamanten durch das Kinderzimmer. Anne zog den Wandteppich zur Seite und Philipp öffnete die goldene Tür des Wandschränkchens.

Ein letztes Mal sah er den glänzenden Stein an. „Ich habe mich wirklich mutig gefühlt, als ich diesen Diamanten trug!", sagte er leise.

„Philipp!", sagte Anne. „Du bist gerade eben ohne ihn auch ganz schön mutig gewesen!"

„Das warst du in der Tat!", sagte Teddy.

Philipp lächelte. Sorgfältig legte er den Diamanten an seinen Platz zurück und verschloss die goldene Tür. Dann zog Anne noch den schweren Wandteppich vor das Wandschränkchen.

Im Kinderzimmer wurde es langsam wärmer. Neben Teddy begann ein Mädchen, allmählich Gestalt anzunehmen. Sie trug ein weißes Nachthemd und hatte dunkles, lockiges Haar. Sie war ungefähr so alt wie Teddy.

Am Schachtisch nahmen zwei Jungen ebenfalls Gestalt an. Sie sahen einander ziemlich ähnlich. Es waren Zwillinge in Annes Alter.

Zuerst waren die Kinder ein bisschen blass und verschwommen. Nach und nach wurden sie immer sichtbarer, bis sie schließlich ganz fest und rotwangig waren.

Gleichzeitig wurde ein großer brauner Hund an der Tür sichtbar. Er bellte und rannte auf das Mädchen zu.

„Olli!", rief sie und umarmte ihn. Dann blickte sie Philipp, Anne und Teddy lächelnd an. „Hallo", sagte sie.

„Hallo", sagte Anne. „Seid ihr drei die einzigen Menschen in dieser Burg?"

„Oh nein, alle anderen sind auch da", sagte das Mädchen. „Aber sie schliefen, als der Rabenkönig den Diamanten gestohlen hat. Eigentlich hätten wir auch schlafen sollen. Aber manchmal stehlen wir uns nachts aus dem Bett, um zu spielen. Wir hatten Verstecken gespielt, als ich die Geheimtür hinter dem Wandteppich fand. Ich wollte den Diamanten besser sehen können und legte ihn aufs Fensterbrett, damit das Mondlicht auf ihn scheinen konnte. Tom und Henry fingen ein Schachspiel an …"

„… und dann fing Gitta an zu spinnen", sagte Tom. „Und Olli rannte runter in den Festsaal, um nach Essensresten zu suchen."

„Genau in dem Moment kam der Rabenkönig herabgesaust und stahl den Diamanten", sagte Gitta. „Bevor wir jemandem etwas sagen konnten, lösten wir uns schon auf."

„Mutter! Vater!", rief Tom, als ob er sich gerade erst wieder an seine Eltern erinnerte. „Wir müssen sie aufwecken, Gitta!"

„Ich weiß", sagte sie. „Wir gehen gleich nach oben und wecken sie. Vermutlich haben sie gar nicht mitbekommen, dass sie unsichtbar waren, weil sie geschlafen haben!"

Gitta nahm ihre Brüder an die Hand und alle drei gingen aus dem Kinderzimmer. An der Tür schaute sie auf Philipp, Anne und Teddy zurück.

„Danke schön dafür, dass ihr uns geholfen habt", sagte sie. „Wer auch immer ihr seid."

Die Kinder des Herzogs verließen das Kinderzimmer. Olli schnappte seinen Knochen und sprang ihnen hinterher.

Teddy zeigte zur Tür. „Gehen wir?" Philipp und Anne nickten.

Teddy nahm seine Laterne und blies die Kerze aus. Dann führte er sie aus dem Kinderzimmer der Burg in den Flur. Als sie die Treppen hinuntergingen, flitzten Diener an ihnen vorbei.

„Läutet die Glocken!", sagte einer.

„Holt Wasser für den Herzog und die Herzogin!", sagte ein anderer.

„Wir sind heute spät dran!", sagte ein Dritter.

Philipp, Anne und Teddy stiegen weiter die Wendeltreppe hinunter. Sie kamen am Festsaal vorbei, an der Waffenkammer und dann zum Eingang des Hauptturmes.

Als sie den Hof betraten, schien helles Sonnenlicht auf die Burgtürme, Glockenläuten war zu hören, Hähne krähten und Pferde wieherten.

Die Diener entfachten ein großes Feuer, um zu kochen. Ein Hufschmied hämmerte und eine Magd schleppte Milchkannen.

Philipp, Anne und Teddy spazierten über den betriebsamen Hof. Sie gingen durch die Torhalle und überquerten die hölzerne

Brücke. Als sie auf der anderen Seite ankamen, warfen sie einen Blick zurück. Bogenschützen standen Wache auf der Burgmauer.

Teddy winkte ihnen zu. Dann sah er Philipp und Anne an. „Nun ist auf der Burg wieder alles in Ordnung!", sagte er. „Unsere Mission ist beendet."

Lachend rannten sie zwischen den Bäumen hindurch auf das kleine Dorf zu. Als sie den Schotterweg an den Häuschen entlangeilten, sahen sie die Dorfbewohner in den Eingängen stehen. Sie starrten alle in Richtung Burg, von wo die Glocken läuteten.

Meggie, die alte Frau, empfing sie mit einem zahnlosen Grinsen. „Die Glocken läuten wieder", sagte sie.

„Ja", sagte Philipp. „Die Jungen und das Mädchen und der Hund sind wieder da! Man braucht vor nichts mehr Angst zu haben. Auf der Burg leben alle und sind guter Dinge!"

Philipp, Anne und Teddy verließen das Dorf und steuerten auf den Wald zu. Während sie durch das Laub stapften, flimmerten die Sonnenstrahlen durch die Bäume.

Philipp sah sich um. Der Wald leuchtete im wunderschönsten goldenen Licht, das er jemals gesehen hatte.

Annes und Philipps Zauberkünste

Philipp, Anne und Teddy liefen durch den Wald, bis sie zu Merlins Eiche kamen. Sofort fanden sie die Geheimtür neben der Strickleiter. Teddy drückte gegen die Eichenrinde.

Einer nach dem anderen schlüpfte in den kerzenhellen Hohlraum des Baumstammes. Merlin saß auf seinem hohen Holzstuhl.

„Ihr habt also die Burg wieder in Ordnung gebracht?", fragte er gelassen.

„Ja, Herr", sagte Teddy. „Wir mussten zwar ein bisschen zaubern, aber nun ist alles wieder in Ordnung."

„Deine Reimkünste müssen sich verbessert haben", sagte Merlin zu Teddy.

Teddy grinste verlegen. „Na ja, um ehrlich zu sein, der wirkliche Zauber lag nicht in meinen Reimen. Es waren mehr Philipps und Annes zauberhafter Mut und ihre Liebenswürdigkeit, die unsere Mission gerettet haben – und nicht zuletzt mich!"

„Tatsächlich?", sagte Merlin.

„In der Tat", sagte Teddy. „Sie kennen eine Magie, die genauso wirksam ist wie die Reime."

Merlin wandte sich zu Anne und Philipp. „Ich danke euch für eure Hilfe!", sagte er. „Das ganze Reich Camelot dankt euch!"

„Keine Ursache", erwiderten sie.

Merlin stand auf. „Komm mit, mein Junge", sagte er zu Teddy. „Ich werde dir dabei behilflich sein, zu Morgan zurückzukehren. Wir müssen diese seltenen und kostbaren Bücher wieder in ihre Bibliothek zurückbringen."

Er beugte sich hinunter und hob einen Stapel uralter Bücher vom Boden auf. Er türmte sie auf Teddys Arme.

Schwerfällig drehte sich Teddy mit den Büchern um. Dann folgte er Anne und Philipp, die das Herz der Eiche verließen.

Die Sonne stand höher am Himmel. Im Wald war es still.

Teddy linste über seine Bücher hinweg.

„Wir müssen wohl Auf Wiedersehen sagen", sagte er zu Anne und Philipp.

„Wann werden wir dich wiedersehen?", fragte Anne.

„Wenn die Pflicht wieder ruft, denke ich!", sagte Teddy. Er sah Merlin an.

Der Zauberer lächelte.

„Werdet ihr sicher nach Hause finden?", fragte Teddy.

„Na klar", sagte Philipp. „Das Baumhaus wird uns zurückbringen."

Anne und er sahen nach oben auf das magische Baumhaus in den Wipfeln der Eiche. Plötzlich kam ein Windstoß auf und die Blätter raschelten.

Anne und Philipp drehten sich wieder zu Merlin und Teddy um. Aber sie waren verschwunden. Leuchtend gelbe Blätter wirbelten an der Stelle umher, wo sie gestanden hatten.

„Also gut!", sagte Anne und seufzte. „Vorwärts!"

„Auf, nach Hause!", sagte Philipp.

Anne kletterte die Strickleiter hoch und Philipp folgte ihr. Als sie in das Baumhaus stiegen, flatterte das Blatt mit der Einladung von Merlin auf den Boden. Anne nahm es hoch und zeigte auf das Wort „Pepper Hill".

„Ich wünschte, wir wären dort", sagte sie.

Der Wind blies immer stärker.

Das Baumhaus fing an, sich zu drehen.

Es drehte sich schneller und immer schneller!

Dann war alles wieder still.

Totenstill.

Philipp öffnete seine Augen. Anne und er saßen einen Moment lang schweigend auf dem Boden des Baumhauses. Philipp sah aus dem Fenster. Ganz hoch oben flog ein Vogel am dämmrigen Himmel.

Philipp konnte kaum glauben, dass er vor Kurzem selbst ein Vogel gewesen war.

„Wollen wir nach Hause gehen?", fragte Anne.

Philipp nickte.

Anne legte Merlins Herbstblatt sorgfältig neben die königliche Weihnachtseinladung in die Ecke des Baumhauses.

Dann kletterten sie und Philipp die Leiter hinunter und machten sich auf den Weg durch den Wald.

In der zunehmenden Dunkelheit des Halloweenabends war gar nichts besonders gespenstisch. Philipp kannte jeden Baum und jeden Strauch. Der Weg nach Hause war ihm vertraut.

Als er und Anne auf ihr Haus zugingen, tauchten plötzlich vier Geschöpfe vor ihnen auf dem Bürgersteig auf – eine grässliche Hexe, ein grinsendes Skelett, ein Vampir mit spitzen Zähnen und ein riesiger, runder, haariger Augapfel. Die Geschöpfe lachten gackernd, rasselten und zischten.

„Oh Mann", sagte Philipp.

„Starke Kostüme", sagte Anne.

Philipp und Anne durchquerten den Vorgarten und stiegen die Stufen vor der Haustür hoch.

„Na, bist du bereit für Halloweenstreiche?", fragte Anne.

Philipp rückte seine Brille gerade. „Weißt du, ich bleibe dieses Jahr lieber zu Hause", sagte er, „und helfe Mama und Papa beim Austeilen der Süßigkeiten."

„Das werde ich vielleicht auch tun", sagte Anne. „Aber auf jeden Fall ziehe ich mein Prinzessinnen-Vampir-Kostüm an!"

Philipp lächelte.

„Cool", sagte er.

Dann schlüpften er und Anne schnell in ihr warmes, gemütliches Zuhause und ließen den dunklen Halloweenabend draußen vor der Tür.

Das mächtige Zauberschwert

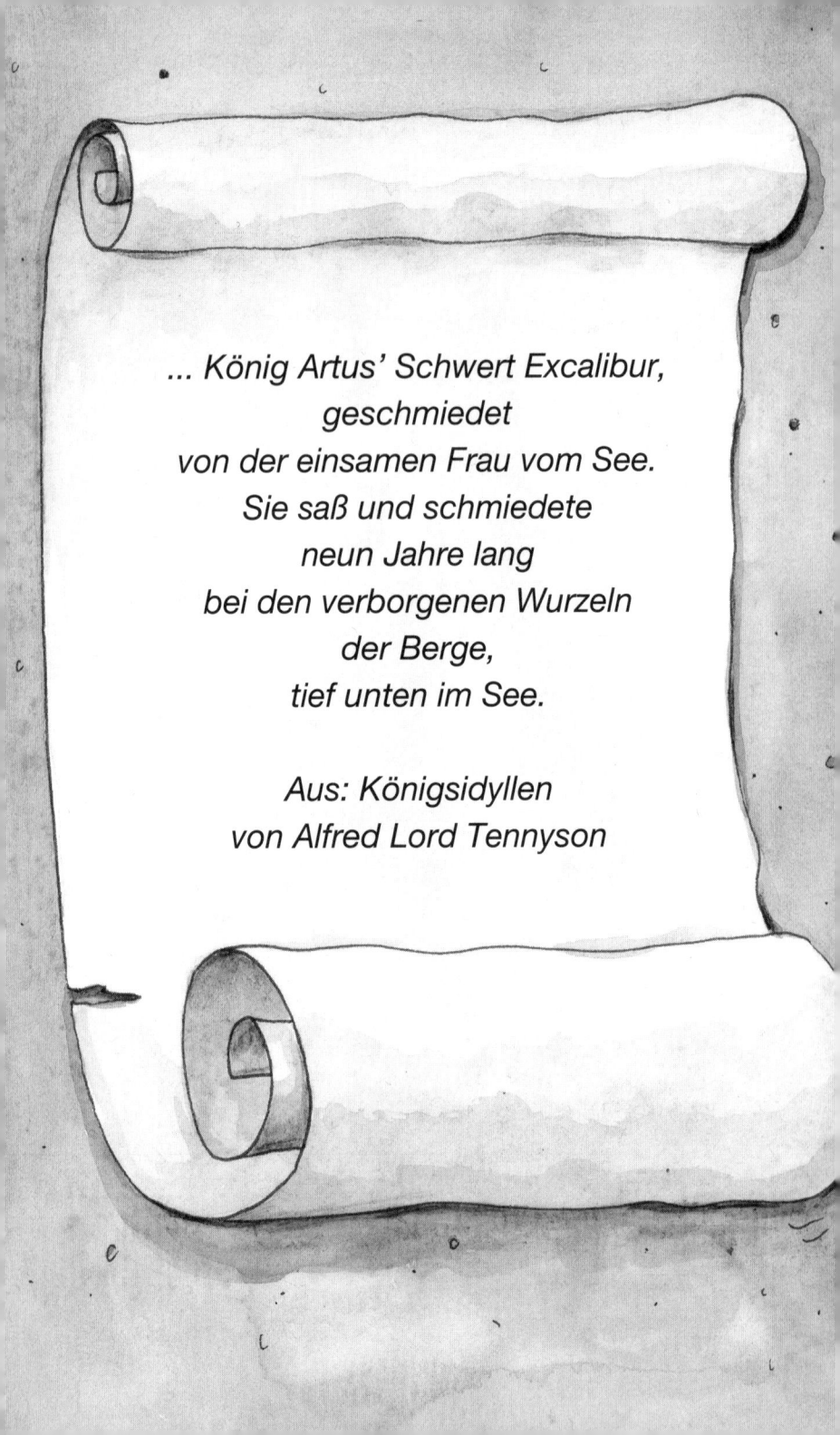

*... König Artus' Schwert Excalibur,
geschmiedet
von der einsamen Frau vom See.
Sie saß und schmiedete
neun Jahre lang
bei den verborgenen Wurzeln
der Berge,
tief unten im See.*

*Aus: Königsidyllen
von Alfred Lord Tennyson*

Sommersonnenwende

Philipp saß auf der Veranda und las Zeitung. Es war ein warmer Sommertag, aber auf der Veranda war es schattig und kühl.

Anne streckte ihren Kopf aus der Fliegengittertür. „Hey, Mama hat gesagt, dass sie mit uns heute Nachmittag zum See fährt", sagte sie.

Philipp blickte nicht vom Wetterbericht in der Zeitung auf. „Wusstest du, dass heute Sommersonnenwende ist?", meinte er.

„Was ist das?", fragte Anne.

„Das ist der erste offizielle Sommertag", antwortete Philipp. „Heute ist es länger hell als an allen anderen Tagen des Jahres."

„Cool", fand Anne.

„Ab morgen werden die Tage dann wieder kürzer", erklärte Philipp.

Sie hörten ein lautes Kreischen von oben.

„Guck mal, eine Möwe!", sagte Anne.

Philipp sah nach oben. Eine große weiße Möwe kreiste am strahlenden Mittagshimmel. „Was macht die hier?", fragte Philipp. „Bis zum Meer fliegt so eine Möwe von hier aus doch mindestens zwei Stunden!"

Die Möwe kam im Sturzflug herabgeflogen und kreischte noch einmal.

„Vielleicht ist das ein Bote von Morgan oder Merlin", überlegte Anne. „Vielleicht hat einer der beiden die Möwe geschickt, um uns zu sagen, dass das magische Baumhaus endlich wieder da ist."

Philipps Herz begann wild zu pochen. Er legte die Zeitung weg. „Meinst du?", fragte er.

Philipp und Anne hatten das magische Baumhaus nicht mehr gesehen, seit sie letztes Jahr zu Halloween, am 31. Oktober, für Merlin zum Spukschloss gereist waren. Philipp hatte schon langsam befürchtet, dass das Baumhaus gar nicht mehr wiederkommen würde.

„Guck mal, sie fliegt zum Wald!", rief Anne.

Philipp sprang auf. „Okay", sagte er, „lass uns gehen!"

„Wir sind bald zurück, Mama!", rief Anne und stürmte mit Philipp über den Hof. Sie rannten die Straße runter zum Wald von Pepper Hill.

Im Wald war es schattig, aber die Sonne schien hier und da durch das Blätterdach und malte helle Lichtflecken auf den Weg. Die Luft roch frisch und rein. Philipp und Anne rannten durch den Wald, bis sie zur höchsten Eiche kamen. Hoch oben wartete tatsächlich das magische Baumhaus auf sie.

„Juchhu, es ist wieder da!", riefen Philipp und Anne gleichzeitig. Das Baumhaus hatte sich seit ihrer letzten Reise kein bisschen verändert.

Anne griff nach der Strickleiter und kletterte nach oben. Philipp folgte ihr. Als sie ins Baumhaus kletterten, war es leer.

„Guck mal, die königliche Einladung liegt immer noch da", sagte Anne. Sie nahm die Karte, die sie beide am Heiligabend nach Camelot gebracht hatte.

„Und Merlins Laubblatt auch", sagte Philipp. Er nahm das gelbe Herbstblatt in die Hand, das sie auf die Halloween-Mission geschickt hatte.

„Das hier war das letzte Mal aber noch nicht da", meinte Anne. Sie hob eine hellblaue Muschel auf. Die Muschel sah aus wie ein kleiner Fächer und sie war beschrieben.

„Hey, das sieht doch aus wie Merlins Handschrift!", rief Anne. „Wir sollen bestimmt für ihn wieder irgendwohin reisen." Laut las sie die Nachricht des Zauberers vor:

> **An Philipp und Anne**
> **von Pepper Hill**
>
> **Während** dieser Sommersonnenwende
> begebt euch in ein Land,
> das im Nebel verloren ist,
> in eine Zeit noch älter als Camelot.
> Folgt meinem Gedicht,
> um eure Aufgabe zu erfüllen.
>
> M.

Anne sah auf. „Was für ein Gedicht?", fragte sie.

„Lass mich mal sehen!" Philipp nahm ihr die Muschel ab und drehte sie um. Auf der anderen Seite stand ein Gedicht. Philipp las es laut vor:

„Bevor an diesem längsten Tag
die dunkle Nacht anbrechen mag,
aus tiefster Tiefe holt ans Licht
das Zauberschwert von Camelot,

gelingt's euch nicht,
herrscht ewig Not!
Die Suche ist auf Glück gebaut,
ruft ihr den Wasserritter laut.
Durchquert ganz ohne Angst im Sinn
die Höhl der Spinnenkönigin."

„Spinnenkönigin?", unterbrach Anne ihn und runzelte die Stirn. Spinnen waren so ziemlich die einzigen Tiere, vor denen sie Angst hatte.

„Denk lieber erst mal nicht daran", erwiderte Philipp. „Lass uns weiterlesen!" Er fuhr fort:

„Schwimmt rasch im fröhlichen Geleit
des Selkiekinds im grünen Kleid.
Eilt zur gestürmen Küstenbucht.
Hier taucht nun unterm Mantel weiß
des blinden Alten Grauen Geists."

Philipp hörte auf zu lesen. „Alter Grauer Geist?", wiederholte er.

„Denk lieber erst mal nicht daran", sagte Anne. „Lies weiter!"

Und Philipp las:

*"Nach einer Frage Antwort sucht.
Nicht Furcht, die Liebe muss euch führn,
so wird das Schwert euch bald gehörn.
Mit einem kleinen Reim
seid ihr dann schnell daheim."*

Philipp und Anne schwiegen eine Weile.
„Da haben wir ja eine Menge zu tun, bis es dunkel wird", sagte Philipp schließlich.
„Ja", antwortete Anne, „aber ich bin ein bisschen beunruhigt wegen dieser Spinnenstelle."
„Und ich wegen der Geisterstelle", sagte Philipp.
„Hey!", sagte Anne. „Ich wette, wenn wir wieder für Merlin eine Aufgabe lösen sollen, wird Teddy auch mit uns kommen. Er kann uns doch bei den gruseligen Teilen helfen."
„Stimmt", sagte Philipp. Schon wenn er Teddys Namen hörte, fühlte er sich mutiger.
„So", sagte Anne. „Vorwärts?"

Vorwärts war Teddys Lieblingswort.

„Vorwärts!", antwortete Philipp. Er zeigte auf die Schrift auf der hellblauen Muschel. „Ich wünschte, wir könnten in die Zeit vor Camelot reisen."

Wind kam auf.

Das Baumhaus begann sich zu drehen.

Es drehte sich schneller und immer schneller.

Dann war alles wieder still.

Totenstill.

Der Wasserritter

Eine salzige Brise wehte ins Baumhaus. Möwen kreischten über ihnen. Philipp und Anne sahen aus dem Fenster.

Sie waren hoch oben in den Ästen eines alten, knorrigen Baumes. Der Baum stand an einer Meeresklippe am Fuße schneebedeckter Berge, die über eine felsige Küste emporragten. Nirgendwo waren Menschen zu sehen.

„Hier sieht es aber wild und einsam aus", sagte Anne.

„Total einsam", stimmte Philipp zu. „Ich frage mich, wo Teddy und Merlin sind."

„Ich weiß nicht", sagte Anne. „Letztes Mal hatten sie sich in einem Baumstamm versteckt. Lass uns da zuerst wieder nachsehen." Sie kletterte die Strickleiter hinunter.

Philipp steckte die Muschel in seine Tasche und kletterte hinterher.

„Merlin?", rief Anne. „Teddy?"

Philipp und Anne gingen um den knorrigen Baumstamm herum. Aber sie fanden nichts, was auch nur entfernt wie der Eingang zu Merlins magischer Zauberkammer aussah. Noch einmal umrundeten sie den Baum und Philipp klopfte an verschiedenen Stellen auf die Rinde.

„Ich habe das Gefühl, dass da niemand drin ist", meinte Anne.

„Ich glaube, du hast recht", sagte Philipp.

„Vielleicht sind sie unten am Wasser", schlug Anne vor.

Anne und Philipp gingen ein paar Schritte an den Klippenrand und blickten hinunter auf die felsige Küste. In den drei Meeresbuchten, die durch wuchtige Felsnasen voneinander getrennt waren, sahen die Geschwister tiefe, dunkle Risse und finstere Höhleneingänge.

Durch eine enge Stelle zwischen den Klippen floss sonnendurchflutetes Meerwasser in die erste Bucht und umspülte einen Kieselstrand.

Die zweite Bucht war etwas kleiner und sah fast wie die Erste aus.

Die dritte Bucht war anders. Sie war am weitesten entfernt und wurde von einem Ring grüner Hügel umschlossen. Dünner weißer Nebel hing über dem trüben grünen Wasser.

„Ich sehe kein Zeichen von Merlin oder Teddy", meinte Philipp. „Ich glaube, wir müssen ohne sie loslegen."

„Lies doch den Anfang von Merlins Gedicht noch einmal vor", bat Anne.

Philipp holte die Muschel hervor und las:

„Bevor an diesem längsten Tag
die dunkle Nacht anbrechen mag,
aus tiefster Tiefe holt ans Licht
das Zauberschwert von Camelot,
gelingt's euch nicht,
herrscht ewig Not!"

Philipp sah hinauf zum Himmel. Die Sonne stand beinahe direkt über ihren Köpfen. „Es muss jetzt ungefähr Mittag sein", erklärte er.

„Dann haben wir nicht viel Zeit", stellte Anne fest. „Was machen wir zuerst?"

Philipp sah wieder auf das Gedicht und las weiter:

„Die Suche ist auf Glück gebaut,
ruft ihr den Wasserritter laut."

„Ach, wie einfach", unterbrach Anne.

„Ach, tatsächlich?", zweifelte Philipp.

„Klar", sagte Anne. „Ein Wasserritter ist wahrscheinlich unten am Wasser."

Dann kletterte sie einen steilen Felshang hinunter, der zur nächsten Bucht führte.

Philipp stopfte die Muschel wieder in seine Tasche zurück. „Aber wer ist dieser Wasserritter?", schrie er, als er Anne hinterherlief.

„Das ist doch egal!", rief sie zurück. „Wir müssen nur hinuntergehen und ihn um Hilfe bitten."

Sie kletterten über große Felsbrocken zur Bucht hinab. Die Felsen waren glitschig, aber zum Glück hatte Philipp seine Turnschuhe an, sodass er nicht ausrutschte. Eine feuchte Brise wehte vom Meer. Seine Haut und Kleidung fühlten sich feucht an.

Als sie den Strand erreicht hatten, putzte Philipp seine beschlagene Brille und sah sich um. Der breite Strand war übersät mit silbrig glitzernden Kieselsteinen und Muscheln. Strandläufer und Möwen pickten auf verhedderten Strängen triefend nassen Seetangs herum.

„Es muss Ebbe sein", sagte Philipp. Er betrachtete die Klippen über der Bucht. „Ich weiß nicht, wie ein Ritter hier herunterkommen kann. Ein Pferd schafft es doch niemals über diese Felsen!"

„Lass uns einfach machen, was im Gedicht steht, und sehen, was dann passiert", antwortete Anne.

Anne breitete ihre Arme aus und schloss die Augen. Sie richtete ihr Gesicht zum Himmel und rief: „Oh Wasserritter, wer immer du auch bist, komm her und hilf Philipp und Anne!"

„Oh Mann", murmelte Philipp leise.
Plötzlich hörten sie wilde Möwenschreie.
„Guck mal, Philipp!", sagte Anne. Sie zeigte hinaus in die Bucht. Kreischende Seevögel flatterten über einem riesig großen Wirbel aus Sprühnebel und Gischt. Der Wirbel drehte sich direkt über der Wasseroberfläche und kam genau auf den Strand zu.
„Irre!", rief Anne staunend. Sie rannte über den Sand.
„Komm zurück!", mahnte Philipp.
„Nein, komm her und sieh dir das an!", sagte Anne aufgeregt.
Philipp lief hinunter zum Wasser.
Durch den Dunstschleier aus wirbelndem Sprühnebel und Gischt sah er, wie der silberne Helm eines Ritters aus dem Wasser auftauchte.
Dann konnte er einen glänzenden Brustpanzer erkennen. Und schließlich kam ein merkwürdiges Wesen aus dem Wasser, das den Ritter auf seinem Rücken trug.
Kopf, Hals und Vorderbeine des Wesens waren wie bei einem Pferd. Aber statt

normaler Hinterbeine hatte es einen langen silbrigen Fischschwanz. Halb galoppierte, halb schwamm das Pferdewesen mit dem Wasserritter auf dem Rücken durch die Bucht. Kreischende Möwen begleiteten die beiden.

Als der Ritter dicht ans Ufer gekommen war, sah er Philipp und Anne direkt an.

Er hob seine behandschuhte Hand und winkte sie herbei.

„Okay, wir kommen!", rief Anne und begann, ihre Schuhe auszuziehen.

„Halt, lass uns erst mal nachdenken!", warnte Philipp.

„Wir haben keine Zeit", widersprach Anne. „Er will uns helfen, so wie der Hirsch in Camelot."

„Nein, das glaub ich nicht", beharrte Philipp. „Dieser Ritter hier ist viel merkwürdiger."

Aber Anne warf ihre Schuhe auf die Felsen und lief durch das flache Wasser. Der Ritter reichte ihr die Hand und half ihr auf den Rücken seines seltsamen Reittieres. Das Pferdewesen klatschte mit seinem Fischschwanz aufs Wasser und erzeugte damit eine gewaltige Wasserfontäne.

„Komm schon, Philipp!", rief Anne. „Wir dürfen keine Zeit verlieren!"

„Anne hat recht", dachte Philipp. Sie mussten das Zauberschwert vor Einbruch der Nacht finden. Er zog seine Schuhe aus und warf sie zu Annes auf die Felsen. Dann stapfte er ins kalte Wasser und watete zum Ritter.

Anne half ihm, auf das Pferdewesen aufzusteigen. Philipp saß auf dem schuppigen Schwanz und klammerte sich an seiner Schwester fest. Anne wiederum hielt sich mit aller Kraft am Gewand des Wasserritters fest.

Der silbrige Fischschwanz klatschte auf die Wellen und ein Wasserschauer regnete auf Philipp herab. Er schloss die Augen.

„Vorwärts", flüsterte er leise.

Der Wasserritter wandte sich vom Ufer ab. Mit weiteren Schlägen der Schwanzflosse setzte sich das Wesen in Bewegung. Halb galoppierte es, halb schwamm es über die Bucht. Die Möwen kreischten wild, als sie im Tiefflug hinter ihnen hersegelten.

Philipp wurde kräftig durchgerüttelt und klammerte sich verzweifelt an Anne. Er hielt seine Augen fest geschlossen und konzentrierte sich ganz darauf, nicht hinunterzufallen.

Als sie dann aber über die Bucht jagten, lenkte der Ritter sein Ross fest und sicher über jede Welle. Der holprige Ritt wurde nun viel ruhiger.

„Das ist toll!", schrie Anne.

Philipp öffnete die Augen. Wind und Wasser peitschten ihm ins Gesicht, zerrten an seinen Haaren und allmählich schwand seine Angst und seine Begeisterung nahm zu.

„Ich wette, er bringt uns zum Zauberschwert!", rief Anne. „Wir werden unsere Aufgabe in null Komma nix erledigen!"

„Das wäre zu einfach", dachte Philipp. Aber als sie so über die Wellen jagten, wuchs seine Hoffnung. „Vielleicht hat Anne recht. Vielleicht ist es einfach", überlegte er. „Es müssen ja nicht alle unsere Aufgaben unbedingt schwierig sein. Aber was ist mit den anderen Dingen im Gedicht? Was ist mit …?"

Bevor Philipp seinen Gedanken zu Ende bringen konnte, hielt das merkwürdige Pferdewesen an und bäumte sich auf.

Philipp und Anne rutschten über die Schwanzflosse nach hinten und klatschten ins kalte Wasser.

Sie sanken kurz unter, tauchten dann aber heftig strampelnd wieder an die Oberfläche. Sie sahen zum Wasserritter und seinem Pferd auf.

Der Ritter hob seinen Arm. Er zeigte auf ein paar Felsen am Fuß einer Klippe. Dann winkte er zum Abschied mit seiner behandschuhten Hand.

„Auf Wiedersehen! Und danke!", rief Anne.

Die Pferdekreatur klatschte mit ihrer Schwanzflosse aufs Meer und preschte in einer Fontäne aus Wasser und Schaum davon. In Begleitung der über ihnen kreisenden Möwen raste das merkwürdige Paar auf die Lücke zwischen den Klippen zu, die auf die offene See führte –
und im Nu waren sie im endlosen Meer verschwunden.

Die Höhle
der Spinnenkönigin

Sanfte Wellen kräuselten sich auf dem Wasser in der Bucht, als Philipp und Anne zum Fuß der Klippe schwammen. Sie zogen sich auf die Felsen hinauf. Total durchnässt saßen sie eine Weile in der warmen Sonne, um wieder zu Atem zu kommen.

„Das war cool!", meinte Anne.

„Ja. Aber warum …", keuchte Philipp, „… warum hat er uns ausgerechnet hier abgesetzt? Was sollen wir jetzt machen?"

„Sieh im Gedicht nach", schlug Anne vor. „Was passiert, nachdem wir den Wasserritter laut gerufen haben?"

Philipp griff in seine Tasche und holte die Muschel heraus. Laut las er vor:

„Durchquert ganz ohne Angst im Sinn
die Höhl der Spinnenkönigin."

„Ach ja", stöhnte Anne und holte tief Luft. „Die Spinnenkönigin."

„Tut mir leid", sagte Philipp. „Aber hab keine Angst. Vielleicht ist die Spinnenkönigin bloß ein Mensch, und ‚Spinnenkönigin' ist nur ein Spitzname."

„Aber was ist, wenn sie halb Mensch, halb Spinne ist?", fragte Anne. „So wie der Rabenkönig halb Mensch und halb Rabe war?"

Philipp schauderte beim Gedanken an das unheimliche Wesen, das ihnen während ihrer letzten Reise für Merlin begegnet war. „Denk nicht dran", sagte er. „Die Zeit wird knapp. Lass uns einfach diese Höhle finden."

Anne nickte und lächelte tapfer. „Okay, du hast recht", sagte sie.

Sie standen auf und kletterten barfuß über die felsigen Vorsprünge am Fuß der Klippe. Als sie einen Vorsprung umrundet hatten, blieb ihnen fast die Luft weg.

Unmittelbar vor ihnen befand sich ein Höhleneingang, der mit dicken, klebrigen weißen Fäden verhangen war. Die Fäden waren eng zu einem Spinnennetz verwoben.

„Wenn das ihr Spinnennetz ist, sind wir in ziemlichen Schwierigkeiten", meinte Anne.

Philipp versuchte, gelassen zu klingen. „Ähm, die Größe des Spinnennetzes verrät grundsätzlich nichts über die Größe der Spinne", erklärte er ruhig. „Außerdem habe ich mal gelesen, dass normalerweise keine Spinne der Welt größer als ein Teller ist."

„Ja, und normalerweise gibt es auch keine Pferde mit Fischschwänzen", antwortete Anne.

„Eins zu null für Anne", dachte Philipp. „Lass uns jetzt lieber das Zauberschwert suchen, bevor es dunkel wird", sagte er laut.

Philipp hob einen tennisballgroßen Stein auf und warf ihn in den Höhleneingang. Der Stein flog in das riesige Spinnennetz und riss die klebrigen, dicken Fäden herunter.

Philipp drehte sich zu Anne um. „Können wir?", fragte er.

Anne blieb stocksteif stehen.

Philipp nahm sie an der Hand. „Hab keine Angst. Ich lasse es auf keinen Fall zu, dass dich irgendwelche Monsterspinnen erwischen", sagte er. Er nickte zum Höhleneingang. „Vorwärts?"

„Vorwärts", antwortete Anne mit dünner Stimme. Dann stiegen sie gemeinsam über das am Boden liegende Spinnennetz und betraten die Höhle der Spinnenkönigin.

Die Höhlenwände waren schwarz und

glänzten. Der Boden unter ihren nackten Füßen fühlte sich nass und schlüpfrig an.

„Igitt!", schrie Anne und sprang zurück. Eine hellrosa Krabbe krabbelte seitwärts über den felsigen Untergrund.

„Hab keine Angst", sagte Philipp. „Das ist keine Spinne."

„Das weiß ich", antwortete Anne. „Tut mir leid."

Je tiefer sie in die Höhle gingen, desto dunkler wurde es.

Auf einmal sah Philipp ein schwaches Licht, das aus einem breiten, gewölbten Gang kam. „Hier lang", sagte er.

Sie gingen durch den Gang und kamen in eine runde Kammer mit einer hohen Decke. Durch die Decke zogen sich mehrere große Risse, durch die Sonnenlicht fiel. Das trübe Licht beschien grün bemooste Felsvorsprünge und einen bräunlichen, glitschigen Boden. Silberne Tropfen fielen von der Decke herab in kleine Pfützen. Aus Felsspalten und verborgenen Stellen in der Höhlenwand war Piepsen und Zwitschern zu hören.

„Was sind das für Geräusche?", fragte Anne.

„Wahrscheinlich sind es junge Höhlengrillen oder Babyfledermäuse", antwortete Philipp.

„Nein, nicht diese Geräusche, sondern dieses Flüstern."

Philipp lauschte. Dann hörte er es auch: ein wisperiges Flüstern. Was es bedeuten sollte, konnte er nicht erraten. Es klang einfach wie *flüster-flüster-flüster*. Philipp sträubten sich die Haare. Jetzt hatte *er* plötzlich Angst.

„Hier ist es echt unheimlich", sagte Anne.

„Ja, total", antwortete Philipp. „Aber wir müssen ja nicht lange hierbleiben. Im Gedicht steht, dass wir nur *durch* die Höhle müssen. Also beeilen wir uns und gehen einfach weiter."

Philipp und Anne liefen im geisterhaft grünen Licht der Kammer weiter. Der schwammige Untergrund schmatzte unter ihren nackten Füßen. Sie suchten nach dem Ausgang und hielten gleichzeitig nach der Spinnenkönigin Ausschau.

„Hey, guck mal, ein Seestern", sagte Anne. Sie zeigte auf einen leuchtend orangefarbenen Seestern, der an der Felsdecke haftete. „Wie der da wohl hingekommen ist?"

Bevor Philipp antworten konnte, ergoss sich eine Welle in die Höhlenkammer und klatschte über Philipp und Anne zusammen.

„Iiiih!", schrie Anne und sprang mit Philipp auf einen moosbedeckten Vorsprung, der aus der Höhlenwand ragte.

Die Welle schwappte wieder zurück und eine Weile war es still. Dann krachte eine zweite Welle in die Kammer. Sie brandete gegen die Felsen und wieder wurden Philipp und Anne völlig durchnässt.

„Oh Mann", sagte Philipp. „Die Flut kommt! Bestimmt ist bald die ganze Höhle voll Wasser."

Die Welle zog sich erneut zurück und wieder war es eine Weile ruhig.

„Wir sollten lieber verschwinden", sagte Philipp. „Schnell! Wir nehmen den Weg, auf dem wir hergekommen sind!"

Philipp und Anne sprangen vom Felsvorsprung. Aber da brandete schon wieder eine Welle in die Höhle. Sie riss die Geschwister von den Füßen und zog sie in das schäumende Wasser hinab.

Philipp griff nach Annes Hand. Sie kämpften gegen die wirbelnde Strömung und kletterten endlich wieder auf den Felsvorsprung. In der ganzen Kammer schäumte und brauste jetzt das Wasser.

„Wir können nicht auf demselben Weg zurück", stellte Philipp fest. „Die Wellen reißen uns um und die Strömung treibt uns fort!"

„Vielleicht können wir durch diesen Spalt da oben rauskommen", meinte Anne. Sie zeigte auf einen großen Riss in der Höhlendecke, hoch über dem wirbelnden Wasser.

„Das ist zu hoch", sagte Philipp. „Da kommen wir nicht rauf!" Verzweifelt sah er sich in der überfluteten Höhle nach einem anderen Ausweg um. Plötzlich gefror ihm vor Entsetzen das Blut in den Adern.

Er hatte die Spinnenkönigin entdeckt! Sie krallte sich genau über ihnen an einem Felsvorsprung neben dem Spalt in der Decke fest. Sie hatte acht rot glühende Augen und acht lange, haarige Beine. Und sie war viel größer als ein Teller.

Die Spinnenkönigin war sogar größer als Philipp.

Ein Spaziergang im Spinnennetz

Philipp packte Annes Hand. „Was immer du auch tust, sieh nicht nach oben!", sagte er.

Anne sah nach oben.

„Aaaaah!", kreischte sie und wollte ins aufgewühlte Wasser springen. Aber da krachte wieder eine Welle heftig gegen die Höhlenwände.

Philipp hielt Anne zurück. „Spring nicht!", rief er. „Du wirst ertrinken!"

Durch das Tosen des Wassers hörten sie plötzlich ein lautes Wispern, das wie ein Echo durch die Höhle hallte.

Nicht bewegen! Nicht bewegen! Nicht bewegen!

Die Spinnenkönigin starrte mit ihren acht roten Augen auf sie herab.

Als Philipp und Anne entsetzt zurückstarrten, schoss die Riesenspinne einen Spinnennetzfaden so dick wie ein Seil genau auf sie hinunter. Philipp und Anne duckten sich. Der Faden klebte an der Wand.

„Was macht sie?", schrie Anne.

„Keine Ahnung", antwortete Philipp.

Die Geschwister sahen wieder nach oben zur Spinnenkönigin.

Sie kroch ein wenig näher zum Deckenriss und starrte mit ihren glühenden Augen wieder auf die Geschwister hinunter. Dann schoss sie einen weiteren seildicken Faden ab.

„Achtung!", warnte Philipp.

Philipp und Anne duckten sich wieder.

Ploschsch! Der zweite Faden klebte auf dem Felsvorsprung einige Zentimeter entfernt vom ersten Faden.

„Oh nein!", kreischte Anne. Sie zeigte zur Höhlendecke. „Bestimmt will sie uns holen! Und fressen!!"

Die Monsterspinne verband die beiden dicken Fadenstränge im Zickzack mit weiteren Fäden und krabbelte dabei direkt auf die Kinder zu. Immer näher kam sie.

Philipp und Anne schrien auf und drückten sich eng an die Wand. „Wir müssen hier weg!", rief Anne. Aber bevor sie loslaufen konnten, krachte eine weitere Welle in die Höhle. Mit ungeheurer Wucht schoss das Wasser durch die Kammer.

„Wir können nicht weg!", schrie Philipp.

„Aber bleiben können wir auch nicht!", brüllte Anne entsetzt.

Wartet! Wartet! Wartet!, wisperte es. Die Spinnenkönigin!

Die riesige Spinne spann weiter an ihrem Zickzack-Netz und kam dabei näher und noch näher.

Stumm und starr vor Entsetzen beobachteten Philipp und Anne die Spinne. Aber gerade als sie nah genug war, um Philipp und Anne zu berühren, krabbelte die Spinnenkönigin wieder nach oben und ließ eine gigantische Strickleiter aus silbernen Spinnenfäden zurück.

Die Spinnenkönigin starrte mit ihren acht roten Augen auf Philipp und Anne hinab.

Klettert! Klettert! Klettert!, wisperte sie von ihrem Platz an der Decke hinunter.

„Ich glaube, sie will uns helfen", sagte Philipp.

„Nein! Sie will uns in die Falle locken", antwortete Anne.

Wieder wisperte die Spinne: *Klettert! Klettert! Klettert!*

Es war etwas in ihrer Stimme, das Philipp davon überzeugte, dass die Spinnenkönigin ihnen wirklich helfen wollte.

„Sie will uns nichts Böses antun",
erklärte er. „Sie will uns helfen! Außerdem
haben wir sowieso keine andere Wahl."

Das Wasser war ständig gestiegen und
spülte jetzt bereits um ihre Knöchel.

„Wir müssen am Spinnennetz hochklettern", sagte Philipp. „Ich gehe zuerst!"

Er fasste nach oben und ergriff einen
Spinnenfaden. Er fühlte sich feucht und
klebrig an. Dann zog Philipp sich hoch auf
die unterste Sprosse der Spinnennetzleiter.

„Halte dich daran fest!", rief er Anne über den Lärm des tosenden Wassers hinweg zu. „Wir müssen nach oben zum Riss!"

Anne griff nach einem Spinnenfaden. „Iiiih, ist das eklig!"

„Kletter einfach!", drängte Philipp.

Philipp und Anne klammerten sich fest an die klebrigen Stränge und krochen auf der Spinnennetzleiter nach oben. Das Spinnennetz schaukelte und dehnte sich. Aber es war stark genug für ihr Gewicht, und dadurch, dass es so klebrig war, rutschten sie auch nicht ab.

Langsam kletterten sie immer höher. Als sie in die Nähe des Spaltes kamen, achtete Philipp genau auf die Spinnenkönigin, die sie aufmerksam anschaute. Doch sie bewegte sich keinen Millimeter.

Endlich erreichte Philipp den Deckenriss. Er schwang sich auf eine Seite der Strickleiter, sodass er sich nun zwischen Anne und der Riesenspinne befand.

„Du gehst zuerst", sagte er.

„Okay", antwortete Anne. Sie griff nach der felsigen Kante der Öffnung und streckte ihren Kopf durch den Spalt nach draußen. „Hier geht es nicht weiter, nur wieder runter ins Wasser!", rief sie nach unten.

„Wie tief runter?", fragte Philipp.

„Ziemlich tief!", antwortete Anne. „Aber ich glaube, wir schaffen es!"

„Warte …", meinte Philipp.

Aber Anne schob sich bereits durch den Riss.

„Anne, sei vorsichtig!", warnte Philipp.

Platsch!

„Oh Mann", sagte Philipp. Schnell wollte er Anne durch den Spalt folgen. Dann sah er zurück zur Spinnenkönigin.

Ihre glühenden, roten Augen starrten ihn aus dem Schatten an. *Geh! Geh! Geh!*, wisperte sie.

Philipp lächelte sie an. „Danke", sagte er.

Geh!, wisperte die Spinnenkönigin noch einmal.

Philipp zog sich aus der Dunkelheit nach oben auf einen schmalen Felsvorsprung. In der kleinen Bucht unter ihm glitzerte die strahlende Sonne auf dem blauen Wasser.

„Komm schon!", rief Anne, die im Wasser schwamm und von den sanften Wellen schaukelnd auf und ab getragen wurde.

Philipp nahm seine Brille ab. Er hielt sich die Nase zu, schloss die Augen und sprang.

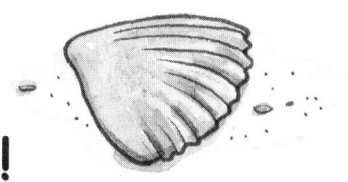

Barrh! Barrh!

Philipp tauchte in das blaue, glitzernde Meer. Er sank bis auf den Grund und tauchte wieder an die Oberfläche. Er hustete und strich sich die Haare aus den Augen.

Anne schwamm zu ihm. „Hey!", rief sie.

„Hey", antwortete Philipp prustend.

„Du hattest tatsächlich recht", sagte Anne. Sie klang ziemlich aufgeregt. „Die Spinnenkönigin wollte uns wirklich nur helfen."

„Ja", sagte Philipp. Wassertretend schüttelte er vorsichtig einige Tropfen von der Brille und setzte sie wieder auf.

„Sie muss ziemlich einsam sein", überlegte Anne. „Sie glaubt bestimmt, dass sie sich in der Höhle verstecken muss, weil sie so gruselig aussieht."

„Kann schon sein", antwortete Philipp und sah sich in der zweiten Bucht um. Tiefrote Schatten erstreckten sich entlang

der felsigen Küste unterhalb der Klippe.
Die Sonne war weitergewandert.

„Komm, wir müssen uns beeilen", sagte Philipp. „Was machen wir jetzt?"

„Lass uns im Gedicht nachlesen", schlug Anne vor.

Philipp zog die Muschel aus der Tasche, wobei er sich mit den Beinen strampelnd über Wasser hielt. Laut las er die nächsten Zeilen von Merlins Gedicht vor:

„Schwimmt rasch im fröhlichen Geleit
des Selkiekinds im grünen Kleid."

„Was ist ein Selkiekind?", fragte Anne.

„Gute Frage", antwortete Philipp.

Er betrachtete die Küste und das Kliff. „Ob *Selkie* wohl ein Fisch ist? Ein Mensch? Oder was?", überlegte er. Da plötzlich sah Philipp zwei dunkle Schatten, die wie Torpedos unter der Wasseroberfläche heranrasten. Sie kamen direkt auf ihn und Anne zu.

„Pass auf!", rief Philipp.

„Iiiih!", schrie Anne.

Philipp und Anne wichen aus, als die Schatten flink an ihnen vorbeizogen. Mit einem Mal tauchten zwei glatte graue Köpfe aus dem Wasser auf. Sie hatten breite Schnauzen und lange weiße Schnurrbarthaare.

„Seehunde!", rief Anne entzückt.

Die beiden Seehunde drehten ihre Köpfe wie ein U-Boot-Periskop. Als sie Philipp und Anne sahen, öffneten sie ihre Mäuler und zeigten ihre kleinen punktförmigen Zähne. Es sah aus, als würden sie lächeln.

„Hallo, ihr!", begrüßte Anne die beiden.

Barrh! Barrh!, bellten die Seehunde.

Dann rollten sie sich um die eigene Achse, kamen näher und stupsten Philipp und Anne mit den Nasen an. Sie bellten wieder fröhlich und schwammen rasch auf den Strand zu.

„Komm", sagte Anne zu ihrem Bruder. „Lass uns mit ihnen spielen!"

„Dafür haben wir keine Zeit", protestierte Philipp.

Aber Anne schwamm schon hinter den Seehunden her auf den steinigen Strand zu.

„Anne! Bleib da!", rief Philipp. „Wir müssen uns beeilen und das Selkiekind suchen! Und das Zauberschwert! Wenn wir es nicht finden, ehe die Nacht hereinbricht, wird in Camelot ewige Not herrschen …" Philipp schwieg.

Anne hörte ihn nicht mehr.

Sie und die beiden Seehunde hatten das Ufer erreicht und kamen aus dem Wasser. Unbeholfen robbten die Seehunde mit ihren pummeligen Körpern auf einen großen Felsen und blieben dort liegen. Auch Anne kletterte auf den Felsen.

„Anne, komm schon!", rief Philipp.
„Es ist bestimmt schon vier Uhr", dachte er. Und sie hatten noch so viel zu erledigen, bevor die Nacht anbrach.
„Lass uns eine Minute Pause machen!", rief Anne ihm zu.
Sie saß bei den Seehunden und streichelte ihre glänzenden Köpfe, als wären es große Hunde. Die Seehunde bellten vergnügt.
Eigentlich wollte Philipp auch gerne eine Pause machen. Er war ziemlich müde. „Vielleicht sollten wir wirklich kurz hier bei den Seehunden bleiben", dachte er, „und dann suchen wir nach dem Selkiekind."
„Also gut", sagte er laut. „Aber nur eine kurze Minute lang!"
Philipp schwamm zum Ufer. Als er endlich müde aus dem Wasser stieg, lagen die Seehunde mit geschlossenen Augen auf dem Rücken. Ihre weißen Schnurrbarthaare zuckten, während sie im warmen Sonnenlicht schliefen.
„Pst, sie schlafen", flüsterte Anne. Sie lag neben den Seehunden und schloss

ebenfalls ihre Augen. „Die Sonne tut so gut, Philipp. Komm, leg dich auch kurz hin."

„Oh Mann", brummelte Philipp. Aber die Nachmittagssonne war wirklich wunderbar. Er kletterte auf den Felsen und legte sich zu Anne und den Seehunden.

„Okay, aber nur eine Sekunde lang", sagte er erschöpft.

Philipp schloss die Augen. Die Sonne wärmte seine müden Arme und Beine. Nach dem Aufenthalt in der stickigen Höhle der Spinnenkönigin kam ihm die sanfte Meeresbrise besonders frisch vor. Und ehe er es merkte, schlief er tief und friedlich ein …

Die Selkie

„Wacht auf, ihr Faulpelze! Ihr könnt nicht den ganzen Nachmittag verschlafen!", weckte sie eine freundliche Stimme.

Philipp riss die Augen auf. „Oh nein", dachte er. „Wie spät es wohl ist?" Er setzte sich auf und sah sich um.

Die Seehunde waren weg. Vor Philipp und Anne stand ein barfüßiger Junge mit fröhlichen Sommersprossen.

„Teddy!", rief Philipp und vergaß einen Moment lang, wie knapp die Zeit schon war.

„Teddy! Teddy!", rief Anne. Sie sprang auf und umarmte den jungen Zauberer.

Teddy grinste über das ganze Gesicht. Er trug ein braunes Gewand. Sein rotes Haar war feucht.

„Endlich bist du da!", sagte Philipp und lachte.

„Ich bin schon länger hier", antwortete Teddy. „Merlin hat mich heute Morgen ganz früh hergeschickt. Ich habe am Strand auf euch gewartet. Dann kam Kathrein vorbei und fragte mich, ob ich mit ihr schwimmen gehe."

Teddy drehte sich nach einem Mädchen um, das ein wenig abseits am Strand stand. Es schien genauso alt zu sein wie Teddy – ungefähr 13 Jahre. „Kathrein!", rief er. „Komm her, ich stelle dich meinen Freunden vor!"

Das Mädchen lächelte und kam über die Felsen auf Philipp, Anne und Teddy zugerannt. Es trug ein grünes Kleid, das aussah, als wäre es aus Gras gewebt worden. Sein schwarzes lockiges Haar fiel wie ein schwarzer Wasserfall bis auf seine Hüfte.

„Das sind meine Freunde Philipp und Anne", erklärte Teddy. „Sie kommen aus einem weit entfernten Land."

„Hallo, Philipp und Anne", sagte das Mädchen. Es hatte eine kräftige und freundliche Stimme. „Ich freue mich, euch kennenzulernen! Ich heiße Kathrein." Als es sprach, funkelten seine

Augen so blau wie der Himmel und das Meer.

Philipp war sprachlos. Kathrein war das hübscheste Mädchen, das er je in seinem Leben gesehen hatte.

„Mir gefällt dein Kleid", sagte Anne.

Kathrein lachte. „Ich habe es aus Seegras gewoben", antwortete sie. „Ich muss aber leider zugeben, dass ich nicht besonders gut weben kann."

„Wohnst du hier?", fragte Anne.

„Ja", sagte Kathrein, „zusammen mit meinen 19 Schwestern."

„19 Schwestern!", staunte Anne.

„Ja", antwortete Kathrein und warf ihre langen Locken zurück. „Ich bin die Jüngste. Wir leben in einer Höhle oben in den Klippen."

„Toll", meinte Anne. „Ist es dort so finster wie in der Höhle der Spinnenkönigin?"

„Überhaupt nicht", antwortete Kathrein. „Es ist viel heller und schöner als in Morags Höhle."

„Ach, so heißt sie", sagte Anne. „Ich hatte schon Angst, dass sie einsam sein könnte."

„Mach dir keine Sorgen", sagte Kathrein. „Morag hat viele Freunde: Fledermäuse, Krabben und Seesterne. Aber es ist nett von euch, dass ihr euch Gedanken um sie macht." Lächelnd sah Kathrein Anne an.

Kathreins Freundlichkeit ermutigte Philipp, auch etwas zu sagen. Er räusperte sich. „Der Wasserritter war auch ziemlich cool."

„Der Wasserritter?", wunderte sich Kathrein.

„Ja", sagte Philipp, „der Kerl, der uns rüber zur ersten Bucht gebracht hat."

Kathrein sah sie verblüfft an.

„Sein Pferd hatte einen Fischschwanz", ergänzte Anne.

„Merkwürdig", meinte Kathrein. „Ich schwimme oft in der Bucht, aber ich habe noch nie etwas von so einem Ritter gehört oder gesehen."

„Lebst du schon lange hier?", wollte Anne wissen.

„Schon immer", antwortete Kathrein.

„Kathrein ist eine Selkie", erklärte Teddy.

„Eine Selkie?", wiederholten Philipp und Anne gleichzeitig.

„Ja", antwortete Kathrein lachend.

„Du kommst in Merlins Gedicht vor", sagte Anne. „Dort heißt es:

Schwimmt rasch im fröhlichen Geleit
des Selkiekinds im grünen Kleid."

„Merlins Gedicht?", fragte Teddy.

„Merlin gab uns ein Gedicht, das uns hilft, das Zauberschwert zu finden", erklärte Philipp.

Kathrein lächelte nicht mehr. Ihre schönen Augen verfinsterten sich.

„Ihr seid gekommen, um das

Zauberschwert zu suchen?", sagte sie. „Oje …"

„Was ist denn?", fragte Philipp.

„Auf der Suche nach dem Schwert sind schon sehr viele hier vorbeigekommen", erzählte Kathrein. „Aber sobald jemand die Bucht hinter der Quallenhöhle betritt, brechen scheinbar aus dem Nichts schreckliche Winterstürme los. Sogar im Sommer bringen sie eiskalten Wind und Regen mit sich. Niemand, der nach dem Schwert gesucht hat, hat diese Stürme bisher überlebt."

„Warst *du* denn mal in der Bucht hinter der Quallenhöhle?", wollte Philipp wissen.

Kathrein schüttelte den Kopf. „Meine älteren Schwestern haben mir das immer verboten", antwortete sie. „Tatsächlich hat kein Selkie es jemals gewagt, in die Sturmküstenbucht zu schwimmen."

„Sturmküstenbucht?", sagte Anne.

„Das ist der Text in der nächsten Zeile von Merlins Gedicht: *Eilt zur gestürmen Küstenbucht!*"

„Was ist denn das für ein Gedicht von Merlin?", fragte Teddy.

„Hier, lies!", sagte Philipp. Er gab Teddy die Muschel.

Der junge Zauberer las Merlins Nachricht und das Gedicht. Dann sah er hoch zum Himmel.

„Die Sonne zieht schnell weiter", sagte er. „Wir müssen uns beeilen und das Zauberschwert finden, bevor es dunkel wird. Sonst ist Camelot dem Untergang geweiht!"

„Warte mal", sagte Anne. Sie sah Kathrein an. „Im Gedicht steht, wir sollen mit *dir* schwimmen. Wirst du denn mit uns kommen?"

Kathrein sah die drei lange an. Dann stand sie auf und warf ihre Locken zurück. Ihre Augen leuchteten.

„Ich wollte schon immer mal in diese Bucht", sagte sie entschlossen.

„Klasse!", rief Teddy. „Du wirst die erste Selkie sein, die das macht! Ein großes Abenteuer wartet auf uns! Vorwärts!"

„Moment mal", sagte Philipp. „Was ist mit dieser Quallenhöhle?"

„Deswegen brauchst du dir keine Sorgen zu machen", sagte Kathrein. „Die Quallen können uns nichts tun."

„Das können sie nicht?", wunderte sich Philipp.

„Nein", sagte Kathrein, „nicht, wenn wir uns in Seehunde verwandeln."

Die Sturmküstenbucht

„In Seehunde?", staunte Anne.

Philipp sah Teddy an. „Hat sie gesagt, *in Seehunde verwandeln*?", fragte er.

„Hat sie!", antwortete Teddy und lachte. „Selkies machen das. An Land sind sie Menschen und im Meer sind sie Seehunde!"

„Bist du ein Seehund?", fragte Philipp Kathrein.

„Manchmal", antwortete das Selkiemädchen und lächelte.

Philipp starrte sie an. Er konnte es einfach nicht glauben, dass dieses hübsche Mädchen manchmal ein Seehund sein sollte.

„Immer, wenn ich ans Ufer komme und die Sonnenstrahlen mich getrocknet haben, fällt mein Seehundfell ab", erklärte Kathrein. „Dann bin ich so menschlich wie … na, wie ich es jetzt bin."

„Ach so, jetzt verstehe ich", sagte Anne.

„Du warst einer der Seehunde, die wir im Wasser getroffen haben."

„Na klar", antwortete Kathrein, „und Teddy war der andere."

Philipp sah zu Teddy. „D…du?", stotterte er. „Wie …?"

Teddy grinste. „Ich bin ein Zauberer, wenn du dich vielleicht erinnerst?", antwortete er.

Kathrein lachte. „Ja, aber dieses Mal war es mein Zauber, der das bewirkt hat", sagte sie. Sie zeigte auf zwei glänzende graue Felle, die im Sand lagen. „Ich habe ihm ein Seehundfell gegeben und einen Selkiezauberspruch gesprochen."

„Du hast Teddy in einen Seehund verwandelt?", staunte Philipp.

„Ja", antwortete Kathrein, „und das Gleiche kann ich auch für euch machen. Ich bin sicher, dass meine Schwestern nichts dagegen haben, wenn wir uns noch zwei Felle von ihnen leihen."

Die Selkie ging auf einen großen Felsen zu.

Teddy blickte Kathrein nach, dann drehte

er sich zu Philipp und Anne um. „Sie hat wirklich mächtige Zauberkräfte", sagte er.

„Aber echt!", sagte Anne.

Philipp war sprachlos. Er konnte es nicht fassen, dass er und Anne in Seehunde verwandelt werden sollten.

Kathrein kam hinter dem Felsen hervor und trug zwei glänzende Seehundhäute.

„Hier, nehmt", sagte sie und gab Philipp und Anne die Häute, die aussahen wie Taucheranzüge mit Kappen. „Zieht sie einfach über eure Kleidung", sagte sie, „so wie ich."

Teddy und Kathrein hoben ihre eigenen

Seehundhäute auf und zogen sie über. Philipp und Anne machten es genauso.

Philipp zog sich seine Seehundhaut über die Beine und Shorts, dann über die Arme und das T-Shirt. Es fühlte sich an, als ob ihn eine dicke Gummischicht umhüllen würde.

„Bevor wir die Kappe über den Kopf ziehen, müssen wir ins Wasser gehen", erklärte Kathrein. „Folgt mir!"

Unbeholfen watete Philipp zusammen mit den anderen ins Wasser.

„Das ist verrückt!", dachte er. „Man kann doch nicht einfach dadurch in einen Seehund verwandelt werden, dass man sich ein Seehundfell überzieht."

Als sie bis zur Hüfte im Wasser standen, machte Kathrein ein Zeichen, stehen zu bleiben.

„Zieht nun eure Kappen über", sagte sie. „Ich sage ein paar Worte in der Selkiesprache. Dann tauchen wir alle."

Teddy grinste Philipp und Anne an.

„Wir sind als Raben durch die Luft geflogen", sagte er. „Nun tauchen wir als Seehunde zusammen in die Tiefe, irre, oder?"

Philipp nickte, aber er glaubte immer noch nicht daran.

„Schnell!", drängte Kathrein. „Bedeckt eure Köpfe und das Gesicht! Taucht unter, sobald ich den Zauberspruch aufgesagt habe."

Philipp streifte die Kappe über den Kopf, dann über das Gesicht, die Brille, die Nase und über das Kinn. Er konnte weder sehen noch sprechen. Er wollte die Kappe wieder herunterreißen, aber Kathreins Stimme hielt ihn davon ab:

„*An-ka-da-tro-a-dai-mei!*
Ba-mi-hu-no-nai-hah-sei!"

Philipp hörte ein Plätschern, dann plätscherte es noch zweimal. Schnell tauchte er ins Meer.

Sobald das Seewasser seinen ganzen Kopf und seinen Körper bedeckte, fühlte er, wie die Seehundhaut mit ihm verschmolz.

Seine Hüfte wurde so dick wie ein Fass! Seine Arme und Beine verschwanden, stattdessen wuchsen ihm Schwimmflossen.

Philipp schoss wie ein Torpedo durch das Wasser.

Wenn er seine vorderen Flossen bewegte, schwamm er nach rechts oder nach links. Bewegte er die Hinterflossen, sauste er vorwärts.

Philipp drehte sich um die eigene Achse, schwamm fröhlich Kurven und Bögen, sauste durch Fischschwärme und Seegrasurwälder. Er tauchte hinab in die dunkle Tiefe der Bucht. Dann schoss er wieder empor zur Oberfläche. In seinem glatten, wendigen Seehundkörper konnte er zehnmal schneller schwimmen als in seiner menschlichen Gestalt. Und er konnte ungeheuer gut sehen und hören.

Philipp sauste auf und ab durch das Wasser. Zwei Seehunde tauchten neben ihm auf. Luftblasen kamen aus ihren Mäulern. Sie gaben gurgelnde und klickende Laute von sich. Philipp verstand genau, was sie meinten.

Hallo, Philipp! Ich bin's!
Und ich!
Hallo, Leute!, rief Philipp Anne und Teddy zu. Er hörte einen trillernden Laut neben sich und sah einen dritten Seehund. Das war Kathrein, die anmutig auf ihn zuschwamm.
Hallo, Philipp!
Hallo, Kathrein!, antwortete Philipp mit klickenden Lauten.

Er wollte der Selkie erzählen, wie viel Spaß es machte, ein Seehund zu sein. Aber als er den Mund öffnete, schwamm ein kleiner Fischschwarm in seinen Rachen. Bevor er wusste, was los war, hatte er auch schon alle Fische verschluckt. Aber das machte ihm gar nichts aus und er lachte ein Luftblasen blubberndes Seehundlachen.

Vorwärts, Kathrein!, sagte Teddy klickend. *Führe uns zur Quallenhöhle!*

Der Mantel des Alten Grauen Geistes

Leicht und elegant schwammen die vier Seehunde vom sonnendurchfluteten Wasser der Selkiebucht in die Quallenhöhle hinein. Hier war das Wasser kalt und düster. Aber in seinem Seehundkörper war es Philipp trotzdem warm und mit seinen Seehundaugen konnte er dennoch alles deutlich erkennen.

Als sie immer weiter in die Höhle schwammen, tauchten die ersten Quallen auf. Zuerst waren es nur wenige, dann Hunderte … schließlich Tausende … rosafarbene und violette Quallen, orangefarbene und schokoladenbraune … Einige Quallen waren groß wie Regenschirme, andere klein wie Centstücke.

Es gab Quallen, die die Form von Glocken oder von Untertassen hatten. Andere sahen eher aus wie Fallschirme, Pilze oder Billardkugeln. Manche flackerten wie eine Kerzenflamme, andere waren durchsichtig wie Glas.

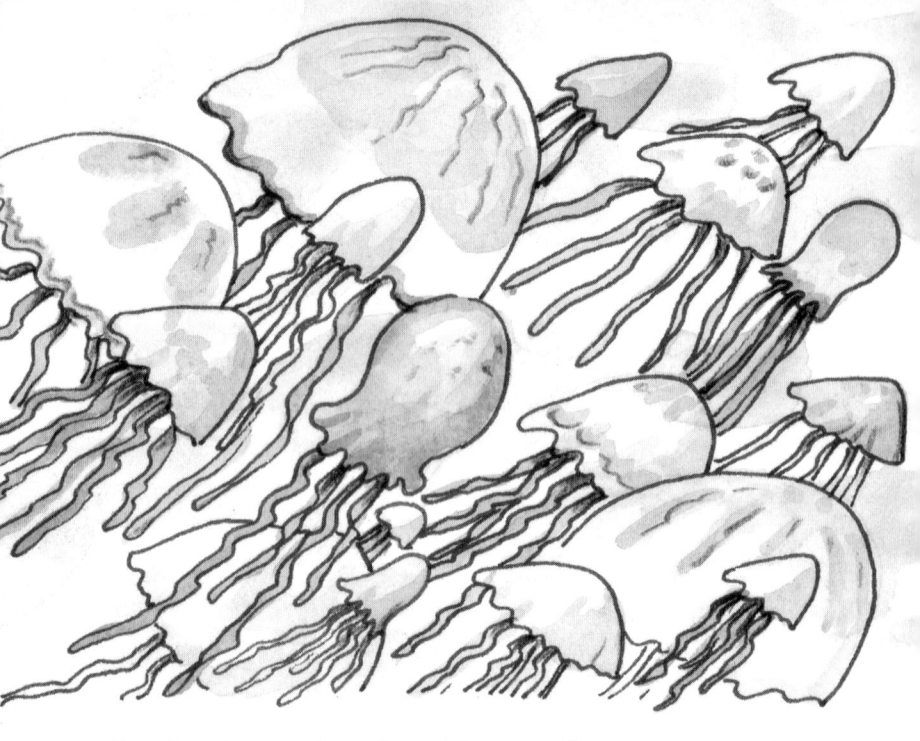

Einige Quallen schwammen mit pulsierenden Bewegungen, andere trieben ruhig vor sich hin und zogen ihre langen Nesseltentakel hinter sich her. Philipp fürchtete sich nicht im Geringsten, als er zwischen den Quallen schwamm. Seine robuste Seehundhaut schützte ihn.

Endlich führte Kathrein Philipp, Anne und Teddy durch einen schmalen Verbindungstunnel, der aus der Höhle in das milchig grüne Wasser der dritten Bucht führte.

Die vier Seehunde streckten die Köpfe aus dem Wasser und holten tief Luft. Philipps Schnurrbarthaare zuckten, als er sich in der Sturmküstenbucht umsah.

In der Bucht war es totenstill. Das Licht war dunstig und warm. Auf der glatten Wasseroberfläche kräuselte sich nicht die kleinste Welle. Rings um die Bucht schimmerten die merkwürdigen grünen Hügel in der Nachmittagssonne, die Anne und Philipp vom Baumhaus aus schon gesehen hatten, und dahinter erhoben sich schneebedeckte Berge. Dort konnte Philipp auch den Baum mit dem magischen Baumhaus erkennen.

Klettert auf diese Felsen, um euch zu trocknen!, bellte Kathrein.

Sie schwammen zu einer kleinen Felseninsel in der Mitte der Bucht.

Philipp hievte seinen fülligen, tropfenförmigen Körper aus dem Wasser. Er ließ sich schnaufend neben die anderen fallen. Der Seehundkörper, der unter Wasser so leicht und wendig gewesen war, war jetzt schwer und unbeholfen.

Philipp spürte, wie sein Fell in der Sonne immer enger wurde. Und ehe er darüber nachdenken konnte, war die Haut wie altes Packpapier von ihm abgefallen. Er hatte jetzt wieder seine menschliche Gestalt und lag in seinen Shorts und seinem T-Shirt auf dem Felsen. Er setzte sich auf und rückte seine Brille zurecht.

„Das war toll!", schwärmte Anne.

Philipp sah sie an. Auch seine Schwester und die anderen beiden hatten sich wieder in Menschen verwandelt.

„Das stimmt", sagte Philipp glücklich. Er sah sich um. „Aber ich merke hier nichts von einem Wintersturm."

„Nein, aber mir gefällt dieser Ort trotzdem nicht", antwortete Teddy. Der junge Zauberer runzelte die Stirn, als er sich in der Bucht umsah. „Es ist irgendwie unheimlich!"

Philipp warf Teddy einen verunsicherten Blick zu. Wenn Teddy Angst hatte, *konnte* etwas nicht stimmen. Teddy hatte sonst nie vor irgendetwas Angst.

„Es ist schon spät", sagte Teddy und sah

zur sinkenden Sonne. „Lasst uns schnell an Land gehen, um das Schwert zu finden, und dann so schnell wie möglich wieder verschwinden."

„Ich fürchte, dass die Suche schwierig werden könnte", sagte Kathrein. „Guckt mal."

Dichter grauer Nebel kroch von den Felsen herab und hatte bereits den Berg verhüllt, auf dem sie mit dem magischen Baumhaus gelandet waren. Nur Sekunden später hatte der Nebel die grünen Hügel ganz eingehüllt und waberte weiter über die windstille Bucht.

„Oje", sagte Kathrein. „Der Mantel des Alten Grauen Geistes breitet sich über uns. Aber so schlimm stürmen wie sonst tut es heute gar nicht."

„Der Mantel des Alten Grauen Geistes?" Anne stutzte.

„Ja, so nennen wir Selkies diesen sehr dichten Nebel", antwortete Kathrein.

„Und genau der wird in Merlins Gedicht erwähnt", sagte Anne.

„Eilt zur gestürmen Küstenbucht.
Hier taucht nun unterm Mantel weiß
des blinden Alten Grauen Geists."

Philipp atmete erleichtert auf. Der Alte Graue Geist war also gar kein richtiger Geist. Es war nur ein anderer Name für den Nebel. „Ich schlage vor, wir gehen jetzt einfach an Land und suchen irgendwo im Nebel nach dem Schwert", sagte er.

„Im Gedicht steht, dass wir *tauchen*", widersprach Teddy. „Also gehen wir vielleicht gar nicht an Land."

„Ja, richtig", sagte Philipp. „Heißt das, dass wir uns wieder in Seehunde verwandeln?" Der dichte graue Nebel verbreitete eine eisige Kälte. Philipp zitterte in seinem T-Shirt und wäre sehr gerne wieder in den warmen, schützenden Seehundkörper zurückgeschlüpft.

„Ich fürchte, wir können uns nicht alle in Seehunde verwandeln", sagte Kathrein. „Denn wir können ein schweres Schwert ja nicht mit unseren Flossen greifen."

„Teddy und du werdet wieder Seehunde und sucht nach dem Schwert", schlug Anne vor. „Philipp und ich können dann tauchen. Wir holen das Schwert, wenn ihr uns zeigt, wo es ist."

Philipp wollte gerade sagen, dass er lieber auch wieder ein Seehund wäre, aber bevor er etwas sagen konnte, lobte Teddy schon: „Klasse Plan!"

„Finde ich auch", sagte Kathrein. „Deine Freunde sind sehr mutig, Teddy." Sie drehte sich um und lächelte Philipp herzlich an.

„Na klar, kein Problem", sagte er verlegen.

„Kommt, beeilen wir uns", drängte Teddy. Im dichten Nebel schlüpften Kathrein und er wieder in ihre Seehundhäute. Einen Moment später hörte Philipp, wie Teddy rief: „Macht's gut, Freunde!"

Dann sagte Kathrein ihren Selkiezauberspruch auf und kurz darauf hörte man nur noch zwei Platscher.

„Und was jetzt?", fragte Philipp in die Totenstille hinein.

„Wir warten, bis sie das Schwert finden", antwortete Anne.

„Hoffentlich beeilen sie sich", sagte Philipp, der vor Kälte bibberte.

„Das hoffe ich auch", sagte Anne.

Eine ganze Weile lauschten sie, ob sie irgendwo Seehundgebell hörten.

„Wie spät es wohl ist?", sagte Anne.

„Schwer zu sagen", meinte Philipp.

„Sie hätten vielleicht besser …"

„Pst!", unterbrach Philipp sie.

Er hörte ein fernes Seehundbellen, dann noch mal und noch mal. Aber im dicken Nebel konnte er nicht sagen, woher das Gebell kam. „Wo sind sie?", fragte er.

„Ich glaube, sie sind *dort* drüben", sagte Anne.

Platsch! Schon war sie ins Wasser gesprungen und im dichten Nebel verschwunden.

„Anne, wo bist du?", rief Philipp.

„Hier!", schrie Anne irgendwo im gespenstischen Nebel. „Los, komm!"

Philipp nahm seine Brille ab und legte sie auf den Felsen. Dann ließ er sich langsam ins Wasser hinabgleiten. Als er hinter Anne herschwamm, fühlte sich sein Körper im Gegensatz zu dem kräftigen Seehundkörper dünn und zerbrechlich an. Er konnte nicht annähernd so schnell schwimmen und unter Wasser längst nicht so lange die Luft anhalten. Außerdem war ihm ziemlich kalt.

Das Seehundgebell wurde lauter und lauter.

Barrh! Barrh!

Philipp sah seine beiden Freunde erst, als er fast mit ihnen zusammenstieß. Teddy und Kathrein schwammen eng im Kreis und bellten aufgeregt.

„Habt ihr das Schwert gefunden?", rief Anne. „Ist es hier?"

Die Seehunde bellten und tauchten unter Wasser. Philipp und Anne holten tief Luft und tauchten hinterher.

Die Seehunde schwammen flink zum sandigen Grund der Bucht. Sie umkreisten einen schimmernden Gegenstand, der im Sand steckte.

Es war ein goldener Schwertgriff.

Das Schwert des Lichts

Anne zeigte auf den Schwertgriff. Philipp nickte. Aber er hatte keine Atemluft mehr und musste zurück zur Oberfläche. Anne schwamm hinterher.

Sie tauchten auf und schnappten nach Luft. „Hast du das gesehen?", rief Anne. „Den Schwertgriff?"

„Ja! Die Klinge steckt wahrscheinlich im Sand", antwortete Philipp.

„Wir müssen es herausziehen", sagte Anne. „Und zwar schnell!"

„Genau", stimmte Philipp ihr zu.

Die beiden Geschwister holten tief Luft. Dann tauchten sie wieder auf den Grund der Bucht. Philipp erreichte das Schwert zuerst. Er packte den Schwertgriff und zog. Das Schwert rührte sich keinen Millimeter. Er zog noch einmal. Aber immer noch tat sich gar nichts.

Auch Anne packte nun den Schwertgriff

an einer Seite und zog zusammen mit Philipp. Philipp spürte, dass sich das Schwert ein klein wenig bewegte. Aber seine Lungen fühlten sich an, als ob sie gleich platzen würden. Noch einmal packte er fest zu und zog mit aller Kraft. Da glitt die glänzende Klinge aus dem Sand.

So schnell sie konnten, tauchten Anne und Philipp mit dem Schwert wieder nach oben. Sie hielten das Zauberschwert fest umklammert. Endlich an der Oberfläche, holten sie prustend Luft.

„Wir haben es!", rief Philipp Kathrein und Teddy zu.

Die Seehunde schwammen um sie herum, planschten vergnügt im Wasser und bellten fröhlich.

Barrh! Barrh!

„Zeigt uns den Weg zur Felseninsel", bat Anne.

Philipp und Anne hielten den Schwertgriff je mit einer Hand fest. Mit der anderen Hand schwammen sie und zogen auf diese Weise das Schwert hinter den beiden Seehunden her.

Plötzlich lichtete sich der unheimliche dichte Nebel und der graue Himmel war wieder blau. Als sie die Felseninsel erreichten, schien das Licht der späten Nachmittagssonne wieder funkelnd auf die seltsame grüne Küste.

„Kannst du das Schwert für einen Moment alleine halten?", fragte Philipp Anne.

„Klar – wenn es nur ein kleiner Moment ist", sagte Anne und grinste.

Vorsichtig ließ Philipp den Schwertgriff los und kletterte auf die felsige Insel. Dann nahm er Anne das Schwert schnell ab, zog es vorsichtig auf die Felsen und legte es auf den Boden.

Anne kletterte auch aus dem Wasser. Ganz in der Nähe streckten Teddy und Kathrein ihre Seehundköpfe aus dem Wasser. Schweigend betrachteten sie das Schwert.

„Wahnsinn", flüsterte Anne.

Philipp nickte. Das mächtige Schwert reflektierte das glutrote Licht der untergehenden Sonne. Seine Klinge glühte, als ob sie brennen würde.

„Und was machen wir jetzt?", fragte er.

„Wir müssen das Schwert ganz schnell zu Merlin bringen", sagte Anne.

„Genau", sagte Philipp, „bevor es dunkel wird. Und die Sonne geht schon unter."

Plötzlich stießen Teddy und Kathrein ein warnendes Bellen aus. Philipp und Anne sahen auf.

Das Wasser kräuselte sich. Kleine Wellen kamen vom Rand der Bucht auf sie zu, wurden höher und immer höher, bewegten sich blitzschnell zur Mitte hin und krachten schließlich gegen die kleine Felseninsel, wo sie in gewaltigen Fontänen zerstoben.

„Was ist jetzt los?", fragte Philipp.

„Vielleicht kommt ein heftiger Sturm auf?", vermutete Anne und schüttelte sich das Wasser aus den Haaren.

Barrh! Barrh! Kathrein und Teddy versuchten, auch auf die Felsen zu robben, aber die Wellen trieben sie immer wieder ab.

„Wir müssen ihnen helfen!", sagte Anne.

Die Geschwister versuchten, den Seehunden aus dem tosenden Meer zu helfen, aber ihre Hände rutschten an der glatten Seehundhaut ab. Beinahe wären sie selbst ins Wasser gefallen.

Weitere Wellen rollten heran und spritzten Wasserschauer auf die Insel.

Barrh! Barrh! Die beiden Seehunde wurden von der Insel fortgetrieben.

„Sieh mal!", schrie Anne. „Das Land bewegt sich!"

Philipp sah zu den seltsamen grünen Hügeln, die die Bucht umgaben. Das Land bewegte sich tatsächlich! Es bewegte sich von einer Seite auf die andere und glitt dann sacht vorwärts.

Donnernder Lärm erschütterte die Felseninsel. Ein gewaltiger Kopf erhob sich aus dem Wasser.

Die grünen Hügel waren gar keine Hügel. Es war der Körper einer riesengroßen Schlange!

Die uralte Frage

„Aaah!", schrien Philipp und Anne.

Die riesige Seeschlange reckte ihren langen Hals in den Himmel. Ihre schuppige grüne Haut glitzerte im späten Abendlicht. Sie starrte Philipp und Anne an. Ihre Augen glühten wie helle gelbe Lampen.

Philipp und Anne waren starr vor Schreck.

Das Monster öffnete sein Maul, zeigte seine grauenhaften Fangzähne und eine violette gespaltene Zunge. Die Schlange machte ein schreckliches, zischendes Geräusch!

Philipp und Anne kauerten sich eng aneinander. Aus der Ferne hörten sie verzweifeltes Seehundgebell.

„Teddy!", schrie Philipp. „Kathrein!"

„Ihre Zauberkraft kann uns jetzt nicht helfen!", rief Anne. „Sie stecken in ihrem Seehund…"

Bevor sie den Satz beenden konnte,

dröhnte die tiefe Stimme der Seeschlange durch die Bucht: „Wer ssseid ihr? Und warum ssstehlt ihr dasss Ssschwert desss Lichtsss?"

Philipp war zu überrascht, um zu antworten. Aber Anne rief dem Monster zu: „Wir sind Philipp und Anne! Wir müssen eine Aufgabe für Merlin erledigen!"

„Sssssssss!", zischte die Schlange böse. Sie schlängelte ihren Körper um die Felseninsel. Dann streckte das Monster seinen Hals und erhob seinen riesigen Kopf.

Wieder dröhnte ihre uralte Stimme durch die Bucht: „Um euch desss Ssschwertesss würdig zzzu erweisssen, müsssst ihr die Frage desss Ssschwertes beantworten."

„Wie lautet die Frage?", rief Anne mutig.

„Sssssssss!", zischte die Schlange. Sie wandte sich ab und schlängelte ihren Körper nochmals um den Felsen, sodass sich ihr schuppiger grüner Körper nun zweimal um die kleine Insel geschlungen hatte.

„Sie will uns zerquetschen!", dachte

Philipp entsetzt. Vielleicht waren sie ja stark genug, um das Monster zu erstechen, bevor es sie zerdrückte. „Nimm das Schwert!", rief er Anne zu.

Zusammen hoben sie das mächtige Schwert hoch. Sie packten den Griff und richteten die schimmernde Klinge auf die Seeschlange.

„Bleib, wo du bist!", schrie Philipp.

Die Schlange kam näher. Ihre Augen blitzten. Ihre gespaltene Zunge schoss vor und zurück. Weit öffnete sie ihr Maul.

„Halt, warte!", rief Anne der Seeschlange zu. „Gib uns eine Chance! Stell uns die Frage!"

Die Schlange schloss ihr Maul. Dann streckte sie ihren Hals und beugte ihren riesigen Kopf hinunter, bis er direkt vor Philipp und Anne war. Mit leiser, tiefer Stimme sagte sie: „Wozzzu dient dasss Ssschwert? Dasss issst die uralte Frage."

„Okay! Der Zweck des Schwertes! Warte einen Augenblick!", rief Anne. Sie drehte sich zu Philipp um. „Wozu dient das Schwert?", fragte sie.

„Um Feinde zu besiegen?", riet Philipp.

Anne schüttelte den Kopf. „Das klingt irgendwie falsch."

„Um sie zu zwingen aufzugeben?", schlug Philipp vor. „Um sie zu töten?"

„Nein, ich bin mir sicher, dass das nicht richtig ist", antwortete Anne.

„Ssssssss!", zischte die Schlange ungeduldig.

„Was denn?", fragte Philipp.

„Ich weiß es nicht", sagte Anne, „aber vielleicht … vielleicht geht es überhaupt nicht ums Kämpfen. Sieh es dir doch mal an!"

Philipp betrachtete das schimmernde Schwert genau. Seine silberne Klinge glühte im Licht der untergehenden Sonne. Der Anblick des wundersamen Schwertes beruhigte Philipp irgendwie. Er war plötzlich froh und erleichtert.

„Ssschnell, beantworte die Frage!", donnerte die Schlange.

Philipp sah auf einmal klarer. „Ich glaube, ich habe es", sagte er. „Erinnerst du dich an die Zeilen in Merlins Gedicht?

Nach einer Frage Antwort sucht.
Nicht Furcht, die Liebe muss euch führn,
so wird das Schwert euch bald gehörn."

„Ja!", sagte Anne. „Das ist es! Es geht nicht ums Kämpfen! Es geht darum, keine Angst zu haben!"

„Beantwortet die Frage!", donnerte die Schlange wieder.

Philipp sah die Schlange an. Als er tief in ihre gelben Augen blickte, hatte er keine Angst mehr. Jetzt war es anscheinend die Schlange, die sich fürchtete.

„Das Schwert darf nicht benutzt werden, um irgendjemanden oder irgendetwas zu verletzen!", rief Philipp.

„Genau!", sagte Anne. „Man darf nur Gutes damit tun!"

Die Schlange hörte auf, sich zu wiegen, und züngelte.

„Das Schwert soll den Menschen keine Angst machen", sagte Philipp. „Es soll helfen, ihnen die Angst zu nehmen! Denn ohne Angst hören sie auf zu kämpfen!"

Die Schlange war ganz still.

„Der Zweck des Schwertes besteht nicht im Kämpfen!", rief Philipp. „Der Zweck des Schwertes ist Frieden!"

Mit Schwert und Reim

Die Seeschlange bewegte ihren Kopf ganz nah zu Philipp und Anne. Sie stieß ein langes, leises „Sssssssss" aus.

Die bebende Schlangenzunge berührte für einen Moment das Schwert. Philipp blieb fast das Herz stehen. Aber dann zog die Schlange langsam ihren Kopf zurück und löste die Insel aus ihrer Umklammerung. Ihr riesiger Körper wickelte sich langsam von dem Felsen ab, bis sie wie ein Ring, der einer grünen Hügelkette glich, wieder die Bucht umgab.

Zuletzt tauchte der Schlangenkopf unter Wasser, ohne dass sich eine Welle kräuselte. Man konnte nun nicht mehr erkennen, wo der Schlangenkörper begann und wo er endete.

Philipp und Anne senkten das Zauberschwert und legten es zurück auf den Felsen. Erleichtert seufzten sie auf und setzten sich neben das Schwert.

Kathrein und Teddy streckten ihre Seehundköpfe aus dem ruhigen Wasser. *Barrh! Barrh!*, bellten sie.

Philipp und Anne lachten. „Ihr könnt rauskommen. Wir sind in Sicherheit!", rief Anne.

Die Seehunde hievten sich auf die Felseninsel und ließen sich auf die Seite fallen.

„Das Schwert hat uns geholfen, die Frage zu beantworten", berichtete Philipp.

Sie betrachteten das Zauberschwert. Es leuchtete hell, obwohl die Sonne hinter dem Horizont verschwunden war und der rot-violette Himmel allmählich dämmrig wurde.

„Wir müssen verschwinden, bevor es ganz dunkel ist", sagte Anne.

„Ich weiß", sagte Philipp. „Aber wie?"

„Sieh in Merlins Gedicht nach!", antwortete Anne.

Philipp nahm die Muschel aus seiner Tasche und las die letzten Zeilen von Merlins Gedicht: *„Mit einem kleinen Reim seid ihr dann schnell daheim."*

Philipp sah auf. „Das ergibt keinen Sinn."

„Vielleicht doch", sagte Teddy.

Philipp und Anne drehten sich um. Teddy und Kathrein standen hinter ihnen. Ihre Seehundhäute waren lautlos von ihnen abgefallen. Sie hatten sich wieder in Menschen verwandelt.

„Vielleicht verlangt das Gedicht einen Zauberreim", sagte Teddy. „Und ich bin ein Zauberer, wie ihr euch wohl erinnert."

Anne lachte. „Wie sollten wir das vergessen?", meinte sie.

Teddy grinste. „Ich bin viel besser geworden mit meinen Zauberreimen", erklärte er. „Seht her!" Er rieb die Hände aneinander.

Vorsichtig hob er das Zauberschwert auf. Er packte den Griff mit beiden Händen und richtete die silberne Klinge auf das Baumhaus am Rande der entfernten Klippe. „Oh Zauberschwert, mit Macht erhell die Nacht!"

Teddy hielt inne. Philipp wurde unruhig. Teddy hatte oft Schwierigkeiten, seine Reime zu Ende zu bringen. Und selbst die Reime, die er zu Ende brachte, funktionierten nicht immer richtig.

Kathrein stellte sich dicht neben den jungen Zauberer. „Sag das noch einmal", sagte sie sanft.

Teddy wiederholte: „Oh Zauberschwert, mit Macht erhell die Nacht!"

Kathrein beendete den Zauberreim in der Selkiesprache:

„Ma-ee-bree-stro-mu-eh-bracht!"

Das Schwert begann in Teddys Händen zu vibrieren. Ein Donner ertönte und ein weißes Licht blitzte auf. Schimmernde Strahlen erleuchteten die Dunkelheit.

Die Strahlen zuckten wellenförmig. Dann bündelten sie sich zu einer hell leuchtenden Brücke, die das violette Dunkel der Abenddämmerung durchzog. Die Brücke spannte sich von der Felseninsel in der Mitte der Bucht bis hinauf zur Klippe. Als Teddy das Schwert senkte, war die Brücke immer noch da.

„Wahnsinn", flüsterte Anne und drehte

sich zu Kathrein um. „Was hast du gesagt, um den Zauber zu vollenden?"

„Ma-ee-bree-stro-mu-eh-bracht", sagte Kathrein. „Mach nun den Rest, errichte eine Brücke, strahlend und fest!"

„Ja, genau das, was ich sagen wollte", sagte Teddy.

„Genau", stimmte Kathrein lächelnd zu. Sie nahm Teddys Hand und drehte sich zu Philipp und Anne um. „Das ist eine Lichtbrücke, die euch in eure Welt zurückbringt."

„Du meinst, dass wir darauf gehen können?", fragte Anne staunend.

„Versuch es", forderte Teddy sie auf.

„Oh Mann", sagte Philipp und lachte nervös. Dann hob er einen Fuß und setzte ihn vorsichtig auf die Lichtbrücke.

Sie fühlte sich fest an. Er setzte den anderen Fuß auf das Licht und machte einen Schritt vorwärts. Das Licht fühlte sich so fest an, als wäre es ein Weg aus Stein.

Anne trat zu Philipp auf die Brücke, die breit genug war, um nebeneinandergehen zu können.

„Irre", flüsterte sie.

„Wartet, vergesst das hier nicht", sagte Teddy. Vorsichtig gab er Philipp und Anne das Zauberschwert und gemeinsam umfassten sie den Schwertgriff. „Was macht ihr jetzt?", wollte Philipp wissen.

„Ich muss zurück zu meiner Höhle", antwortete Kathrein, „sonst machen sich meine Schwestern Sorgen."

„Und ich begleite Kathrein nach Hause", sagte Teddy. „Danach kehre ich nach Camelot in die Zukunft zurück."

„Aber erst, nachdem du mit mir und meinen Schwestern zu Abend gegessen hast", erinnerte Kathrein ihn.

„Oh …", sagte Philipp, der auch gerne mit den Selkies Abendbrot gegessen hätte. Er wollte noch mehr Zeit mit Kathrein und Teddy verbringen, egal, was sie vorhatten.

„Wir machen uns besser auf den Weg", mahnte Anne. „Es ist schon fast dunkel."

„Okay", sagte Philipp.

„Für heute erst einmal Auf Wiedersehen", sagte Kathrein. „Und danke! Es war toll, wie ihr den Feind besiegt habt."

„Die Seeschlange war eigentlich gar nicht unser Feind", stellte Philipp fest.

„Die Spinnenkönigin auch nicht", meinte Anne. „Wir hatten nur so lange Angst vor ihnen, bis wir sie kennengelernt haben."

„Genau", sagte Philipp.

„Sehen wir euch wieder?", fragte Anne Teddy und Kathrein.

„Ja, ich habe das Gefühl, dass ihr uns beide schon ziemlich bald wiedersehen werdet", antwortete die Selkie.

„Wir werden da sein, wenn ihr am wenigsten damit rechnet", sagte Teddy grinsend. „Jetzt müsst ihr aber wirklich gehen. Es wird schnell dunkel. Tschüss!"

„Tschüss", sagten Philipp und Anne. Sie drehten sich um und gingen über die Lichtbrücke. Hoch über dem Wasser warf das Schwert sein Licht über die Bucht wie eine schwingende Laterne. Unten auf dem Wasser schimmerten glitzernde Wellen.

Philipp hörte es hinter sich zweimal leise platschen. Er blieb stehen und lauschte.

„Los, weiter", flüsterte Anne.

Philipp ging weiter. Die Geschwister

stiegen höher und höher, bis sie das Ende des Lichtweges erreichten.

Sie stiegen von der Brücke hinunter und waren jetzt auf der Klippe über der Bucht. Sie hielten den Schwertgriff fest umklammert und sahen sich um.

Die schimmernde Brücke zerstob zu Millionen goldener Lichtpunkte. Wie die Funken eines Feuerwerkskörpers regneten die leuchtenden Teilchen vom Himmel.

Die Bucht war wieder dunkel und ruhig – nur das fröhliche Bellen der Seehunde war noch zu hören.

Die Insel Avalon

„Und was jetzt?", fragte Philipp.

„Jetzt danke ich euch", sagte eine tiefe Stimme.

„Merlin!", schrie Anne.

Merlin trat aus dem Schatten. Er trug seinen roten Zaubermantel. Sein langer weißer Bart leuchtete im Schein des hell glühenden Schwertes

„Ihr habt das mächtige Schwert des Lichtes rechtzeitig aus der Finsternis hergebracht", sagte er, „bevor die Nacht am Tag der Sommersonnenwende anbricht."

„Warum mussten wir es am Tag der Sommersonnenwende holen?", fragte Philipp.

„Weil an diesem Tag die Kräfte des Weißen Winterzauberers am schwächsten sind", erklärte Merlin.

„Der Weiße Winterzauberer?", fragte Anne. „Gehört ihm das Schwert? Haben wir es ihm etwa gestohlen?"

„Nein", antwortete Merlin. „Vor langer Zeit stahl der Winterzauberer das Schwert von der Frau vom See und brachte es in sein Königreich weit oben an der Nordseeküste." Merlin zeigte auf die schneebedeckten Berge, die hinter der felsigen Küste aufragten.

„Aber der Zauberer merkte schnell, dass er mit dem Schwert gar nichts anfangen konnte, weil die Frau vom See es mit einem Zauberspruch belegt hatte, der bewirkte, dass das Schwert nur in der Hand von würdigen Sterblichen seine Macht entfaltete. Trotzdem wollte der Winterzauberer sich nicht von dem Schwert trennen. Er vergrub es auf dem Grund der Bucht."

„Der Sturmküstenbucht?", fragte Philipp.

„Ja", bestätigte Merlin. „Erst vor Kurzem verrieten mir die Seevögel, wo sich das Schwert befand. Ich wusste, dass ich die Hilfe von würdigen Sterblichen brauchen würde, um es wieder zurückzubekommen. Also habe ich am Tag der Sommersonnenwende nach euch geschickt, weil der Winterzauberer da nicht seine wilden Stürme schicken konnte, um eure Suche zu verhindern. Er konnte nur den Mantel des Alten Grauen Geistes über euch werfen."

„Also hat der Winterzauberer den Nebel geschickt", sagte Anne.

„Und hat er auch die Seeschlange in die Bucht gebracht?", fragte Philipp.

Merlin lächelte. „Nein. Die Schlange dient der Frau vom See. Vor langer Zeit hat sie von sich aus heimlich nach dem Schwert gesucht und es gefunden. Seitdem hat sie es bewacht. Sollte jemals ein Sterblicher die Stürme des Zauberers überleben, musste er sich immer noch als würdig erweisen, indem er die Frage der Schlange beantwortete. Ich war mir sicher, dass ihr beide die Frage richtig beantworten könnt. Und ich hatte recht."

„Das Gedicht hat uns geholfen", meinte Philipp.

Die beiden gaben Merlin vorsichtig das Zauberschwert.

„Wirst du das Schwert nun in einen Stein stoßen?", fragte Anne. „Damit Artus es eines Tages herausziehen und König werden kann?"

„Nein, *dieses* Schwert ist sogar noch mächtiger als das Schwert im Stein", sagte Merlin. „Dieses Schwert hier hat einen Namen: Excalibur."

„Excalibur!" Philipp und Anne staunten.

„Ich werde es nun zur Insel Avalon zurückbringen", fuhr Merlin fort, „und es der Frau vom See überreichen. Eines Tages, wenn Artus König ist, wird sie es ihm geben. Mithilfe dieses Schwertes wird er viele Herausforderungen mutig und weise meistern. Er wird …"

Merlin wurde von einem merkwürdigen Laut unterbrochen, der aus dem Wasser kam. Er klang wie das tiefe Dröhnen eines Nebelhorns.

„Was war das?", fragte Philipp.

„Ach ja, eine Sache muss noch erledigt werden!", sagte Merlin. Er hob das Schwert und richtete es auf die Sturmküstenbucht. Wie der Strahl eines gigantischen Leuchtturms erhellte das Licht des Schwertes das dunkle Wasser.

Merlin bewegte den Strahl vor und zurück, als ob er etwas suchen würde. „Ah", sagte er. „Da ist sie."

Im Lichtkegel war der riesige Kopf der Seeschlange zu sehen. Ihre gelb leuchtenden Augen blickten zu ihnen herüber.

„Sie ist traurig", erklärte Merlin, „weil es für sie sinnlos geworden ist, hierzubleiben. Höchste Zeit, dass wir ihr helfen, wieder nach Hause an die Küste von Avalon zu kommen."

Der Zauberer hob ein wenig das Schwert und der Lichtstrahl bildete auf dem Wasser eine leuchtende Spur, die dem Tier den Weg aus der Bucht zeigte.

Die riesige Schlange glitt durch das Wasser und verschwand bald in den Wellen des dunklen Meeres.

„Ihre Aufgabe ist jetzt erfüllt", sagte Anne leise.

„Ja, und *eure* ist es auch, meine Freunde", meinte Merlin. „Klettert nun die Leiter zu eurem Baumhaus hinauf und kehrt wieder nach Hause zurück."

Im Licht des Schwertes fanden Philipp und Anne den Weg zur Strickleiter und kletterten hinauf ins Baumhaus. Als sie aus dem Fenster blickten, sahen sie Merlin im leuchtenden Glanz des Schwertes stehen.

„Auf Wiedersehen!", riefen Philipp und Anne.

Der Zauberer hob seinen Arm und winkte zum Abschied. Merlins Geste erinnerte Philipp an irgendetwas.

„Lass uns jetzt gehen", meinte Anne.

Philipp nahm die Muschel aus der Tasche und zeigte auf die Worte *Pepper Hill*. „Ich wünschte, wir könnten nach Hause", sagte er.

„Warte!", rief Anne. „Unsere Schuhe! Wir haben sie am Strand vergessen!"

Aber es war zu spät.

Wind kam auf.

Das Baumhaus fing an, sich zu drehen.

Es drehte sich schneller und immer schneller.

Dann war alles wieder still.

Totenstill.

Philipp öffnete die Augen. Eine warme Sommerbrise wehte ins Baumhaus. Die Mittagssonne schien durch die Bäume. Hier in Pepper Hill war wie immer keine Minute vergangen.

„Merlin war der Wasserritter", sagte er.

„Was?", sagte Anne.

„Als Merlin sich verabschiedet hat, machte er dieselbe Geste wie der Wasserritter", erklärte Philipp. „Erinnerst du dich?" Er hob die Hand und winkte genauso wie Merlin eben.

„Du hast recht!", sagte Anne lachend. „Warum ist mir das bloß nicht aufgefallen? Er hilft uns doch immer zu Beginn unserer Aufgaben."

„Und jetzt haben wir schon drei Sachen von ihm", sagte Philipp. Er legte die hellblaue Muschel auf den Boden neben die königliche Einladung und das gelbe Herbstblatt. Dann sah er Anne an.

„Nach Hause?", fragte er.

Sie nickte.

Die Geschwister kletterten die Leiter hinunter und gingen barfuß über den feuchten Waldboden.

„Dann müssen wir Mama wohl erzählen, dass wir unsere Schuhe in der Zeit, ehe Schloss Camelot erbaut wurde, verloren haben", sagte Philipp.

„Gute Idee", sagte Anne, „auf unserer Suche nach dem Zauberschwert, das vom Winterzauberer gestohlen und von einer Riesenseeschlange bewacht wurde, die wiederum der Frau vom See dient."

„Genau", sagte Philipp. „Eine ganz einfache Erklärung."

„Hast du jetzt Lust, im See schwimmen zu gehen?", fragte Anne.

Philipp dachte daran, wie aufregend es gewesen war, ein Seehund zu sein und im Meer zu schwimmen. „Es ist nicht dasselbe ohne Kathrein und Teddy", sagte er. „Wir können keine Seehunde mehr sein."

„Wir können aber so tun, als ob", antwortete Anne. „Los, Beeilung, bevor Mama findet, dass es zu spät ist, um zum See zu fahren."

Sie rannten los. Barfuß liefen sie über Stöcke und Laub und durch den lichtdurchfluteten Wald. Dann eilten sie die Straße entlang nach Hause. Als sie in ihren Garten kamen, waren sie ganz außer Atem.

„Mensch, irre", meinte Anne. „Guck mal!" Sie zeigte auf die Veranda.

Direkt vor der Tür standen ihre Turnschuhe.

Philipp und Anne gingen auf die Veranda und hoben ihre Schuhe auf. Als Philipp seine Schuhe anzog, rieselten feiner weißer Sand heraus und zwei winzige silbrige Kieselsteine.

„Wer … wie?", fragte Philipp staunend.

Eine Möwe kreischte über ihnen. Sie sahen nach oben. Wieder kreischte die Möwe. Dann flog sie davon und verschwand im hellen Sonnenlicht.

Anne zuckte mit den Schultern. „Ein kleiner Rest von Zauberei", sagte sie. Dann rief sie durch die Fliegengittertür: „Mama! Wir sind so weit!"

Im Bann des Eiszauberers

*… es reißt die Fessel,
es rennt der Wolf.
Vieles weiß ich,
Fernes schau ich …*

Aus: Die Edda

Wintersonnenwende

Ein kalter Wind rüttelte an den Fenstern. Aber im Haus war es warm und gemütlich. Philipp und Anne backten mit ihrer Mutter Weihnachtsplätzchen. Philipp drückte eine sternförmige Plätzchenform in den Teig.

„Hey, draußen schneit es", sagte Anne.

Philipp sah aus dem Fenster. Es war später Nachmittag und dicke Schneeflocken fielen vom Himmel.

„Möchtest du rausgehen?", fragte Anne.

„Nein, eigentlich nicht. Es wird doch bald dunkel", antwortete Philipp.

„Richtig", sagte ihre Mutter. „Heute ist der 21. Dezember, heute ist Winteranfang. Es ist der kürzeste Tag des Jahres."

Philipps Herz setzte einen Schlag lang aus. „Du meinst, es ist Wintersonnenwende?", fragte er.

„Ja, genau", antwortete seine Mutter.

Anne schnappte überrascht nach Luft. „Wintersonnenwende?", wiederholte sie.

„Ja", wiederholte ihre Mutter etwas irritiert.

Philipp und Anne sahen sich an. Im letzten Sommer hatte Merlin, der Zauberer, sie genau zur Sommersonnenwende um Hilfe gebeten. Vielleicht würde er das heute, zur Wintersonnenwende, ja wieder machen!

Philipp legte die Plätzchenform aus der Hand und wischte sich die Hände an einem Handtuch ab. „Mama, ich glaube, es würde mir vielleicht doch Spaß machen, eine Weile im Schnee zu spielen", sagte er.

„Wie ihr wollt", antwortete ihre Mutter. „Aber zieht euch warm an. Ich steche noch die Plätzchen aus und backe sie dann."

„Danke!", sagte Philipp. Die Geschwister rannten in den Hausflur und schlüpften in ihre Stiefel. Rasch zogen sie ihre Jacken an und streiften Handschuhe, Schal und Mütze über.

„Seid zu Hause, bevor es dunkel wird", mahnte ihre Mutter.

„Machen wir!", antwortete Philipp.

„Tschüss, Mama!", rief Anne laut.

Philipp und Anne gingen aus dem Haus in die winterliche Kälte hinaus. Ihre Stiefel knirschten im Schnee, als sie durch den Garten zum Wald von Pepper Hill liefen.

Am Waldrand blieb Philipp stehen. Wie schön die Bäume aussahen! Feiner Pulverschnee lag auf den Ästen der Tannen und Kiefern.

„Guck mal", sagte Anne. Sie zeigte auf zwei Paar Fußspuren, die auf die Straße führten und dann wieder zurück zum Wald. „Hier war schon jemand."

„Es sieht aus, als wären sie aus dem Wald gekommen, aber gleich wieder umgekehrt", sagte Philipp. „Wir müssen uns beeilen!" Wenn das magische Baumhaus tatsächlich heute zurückgekommen war, wollte er nicht, dass jemand anders es fand!

Philipp und Anne gingen schnell durch den Wald, immer den Fußspuren nach.

„Halt", sagte Anne und zog Philipp hinter einen Baum. „Guck mal da."

Durch die wirbelnden Schneeflocken sah Philipp zwei fremde Gestalten in langen dunklen Mänteln. Sie liefen ausgerechnet auf die große Eiche zu, in der immer das magische Baumhaus landete!

„Oh nein!", sagte Philipp. Das Baumhaus war tatsächlich zurückgekehrt und jemand anders hatte es gefunden!

„Hey!", schrie Philipp. „Stopp!" Das Baumhaus war zu ihm und Anne gekommen und zu niemandem sonst!

Philipp rannte los und Anne lief hinterher. Er rutschte aus, fiel in den Schnee, rappelte sich wieder hoch und lief weiter. Als Philipp und Anne das Baumhaus erreichten, waren die beiden Unbekannten schon die Strickleiter nach oben geklettert und im Baumhaus verschwunden.

„Kommt raus!", schrie Philipp.

„Das ist *unser* Baumhaus!", rief Anne.

Zwei Kinder streckten die Köpfe aus dem Fenster des Baumhauses. Sie waren beide etwa dreizehn Jahre alt. Der Junge hatte zerzauste rote Haare und Sommer-sprossen. Das Mädchen hatte meerblaue Augen und lange schwarze lockige Haare.

Ihre Wangen waren vor Kälte gerötet. Die Kinder lachten, als sie Philipp und Anne erkannten.

„Klasse!", freute sich der Junge. „Wir sind gekommen, um euch zu suchen, aber stattdessen habt ihr uns gefunden."

„Teddy!", rief Anne erfreut, „Kathrein! Hallo!"

Teddy war ein junger Zauberer, der in Morgans Bibliothek in Camelot arbeitete. Kathrein war das bezaubernde Selkiemädchen, das Philipp und Anne bei ihrem letzten Abenteuer während der Sommersonnenwende geholfen hatte.

Damals hatte Kathrein sie alle in Seehunde verwandelt.

Philipp war total überrascht. Er hätte nie gedacht, dass ihre beiden Freunde aus Camelot einmal Pepper Hill besuchen würden.

„Was macht ihr denn hier?", rief er.

„Kommt rauf und wir erzählen es euch!", antwortete Teddy.

Philipp und Anne kletterten schnell die Strickleiter hinauf. Als sie im Baumhaus waren, schlang Anne ihre Arme um Teddy und Kathrein. „Ich kann immer noch nicht glauben, dass ihr mal zu uns kommt!", sagte sie begeistert.

„Es freut mich, dich zu sehen, Anne", sagte Kathrein. „Und dich auch, Philipp." Ihre großen blauen Augen funkelten.

„Ich freu mich auch", antwortete Philipp schüchtern. Für ihn war Kathrein das hübscheste Mädchen, das er je in seinem Leben gesehen hatte. Sogar als Seehund war sie wunderschön gewesen.

„Wir haben euch gesucht", erklärte Teddy. „Wir sind hinuntergeklettert und durch den Wald bis zu einer Straße gegangen."

„Aber die Straße war voller Monster!", sagte Kathrein aufgeregt. „Eine große rote Kreatur hat uns fast überrollt! Sie machte schreckliche dröhnende Geräusche!"

„Und dann, bevor wir wussten, was los war, hat uns ein großes schwarzes Monster angegriffen, das wild fauchte!", berichtete Teddy weiter. „Da sind wir wieder hierher zurückgegangen, um zu überlegen, was wir jetzt machen sollen."

„Das waren keine Monster", sagte Anne lachend. „Das waren Autos. Man muss schrecklich aufpassen, dass man nicht von einem überfahren wird."

„Autos?", fragte Teddy.

„Ja, sie haben Motoren und werden von Menschen gefahren", erklärte Philipp.

„Motoren?", staunte Teddy.

„Das ist schwer zu erklären", sagte Anne. „Merkt euch einfach: Immer wenn ihr in unserer Welt eine Straße überquert, müsst ihr auf Autos achten."

„Oh ja, das machen wir", sagte Teddy.

„Warum seid ihr hergekommen?", wollte Philipp wissen.

„Auf Merlins Schreibtisch haben wir eine Nachricht für euch gefunden und beschlossen, sie selbst zu überbringen", antwortete Teddy.

„Also sind wir in das Baumhaus vor Morgans Bibliothek geklettert", erzählte Kathrein. „Teddy hat in der Nachricht auf die Wörter *Pepper Hill* gezeigt und sich gewünscht, dort zu sein. Und dann waren wir auch schon hier im Wald."

Teddy holte einen kleinen grauen Stein aus seinem Mantel. „Und hier ist die Nachricht, die wir mitgebracht haben", sagte er.

Teddy gab Philipp den Stein. Die Nachricht war in einer winzigen Handschrift geschrieben. Philipp las laut vor:

An Philipp und Anne
aus Pepper Hill:

Mein Stab der Macht wurde gestohlen.
Reist zur Wintersonnenwende
in das Land des Ewigen Schnees.
Geht in Richtung Abendsonne
und findet meinen Stab —
oder alles ist verloren.

Merlin

„Oh Mann", sagte Anne. „Das klingt ernst."

„Aber wirklich", stimmte Philipp zu. „Warum hat uns Merlin diese Nachricht nicht selber überbracht?"

„Wir haben keine Ahnung", antwortete Teddy. „Merlin und Morgan haben wir seit Tagen nicht mehr gesehen."

„Wo sind sie denn?", fragte Anne.

„Tja, das ist wirklich seltsam", sagte Teddy. „Letzte Woche bin ich zur Selkiebucht gereist, um Kathrein abzuholen und nach Camelot zu bringen.

Sie soll Gehilfin in Morgans Bücherei werden. Aber als wir zurückkamen, waren Merlin und Morgan verschwunden."

„Wir haben nur diese Nachricht für euch gefunden", erzählte Kathrein weiter.

„Genau, und ich habe mir gedacht, wenn Merlin zurückkommt, ist er sicherlich froh, wenn sein Stab der Macht wieder da ist", sagte Teddy. „Die geheimnisvolle und uralte Magie dieses Stabes ist sehr wichtig für Merlins Zauberkraft."

„Wahnsinn", sagte Anne verblüfft.

„In seiner Nachricht steht, dass wir ins Land des Ewigen Schnees müssen", sagte Philipp. „Wo ist das?"

„Das ist ein Land weit nördlich von meiner Bucht", antwortete Kathrein. „Ich bin noch nie da gewesen."

„Ich auch nicht", sagte Teddy. „Aber ich habe in Merlins Büchern darüber gelesen. Es ist dort so trostlos wie in einer endlosen Eiswüste. Ich kann es kaum erwarten, es selbst zu sehen."

„Also kommt ihr mit uns?", fragte Anne.

„Allerdings", bestätigte Kathrein.

„Super!", riefen Philipp und Anne gleichzeitig.

„Gemeinsam können wir vier alles schaffen, stimmt's?", sagte Teddy und lächelte.

„Stimmt!", antwortete Anne.

„Das hoffe ich jedenfalls", dachte Philipp.

Anne zeigte auf die Worte *Land des Ewigen Schnees* in Merlins Nachricht und fragte die anderen: „Seid ihr bereit?"

„Ja", antwortete Kathrein.

„Ich glaube schon", meinte Philipp.

„Vorwärts!", sagte Teddy.

„Ich wünschte, wir könnten dort sein", sagte Anne laut.

Wind kam auf.

Das Baumhaus fing an, sich zu drehen.

Es drehte sich schneller und immer schneller.

Dann war alles wieder still.

Totenstill.

Das Land des Ewigen Schnees

Ein eisiger Wind blies Philipp ins Gesicht. Die vier Freunde sahen aus dem Fenster.

„Oh Mann", flüsterte Philipp. Das Baumhaus war nicht wie sonst immer in einem Baum gelandet, denn es gab nirgendwo Bäume. Stattdessen stand es auf der Spitze einer steilen Schneewehe.

Überall in der weiten schneebedeckten Ebene erhoben sich unzählige Schneeverwehungen und am Horizont sah man Hügel und Berge.

„Es stimmt, was in den Büchern steht", stellte Teddy zähneklappernd fest. „Hier ist es wirklich ziemlich trostlos!"

„Nein, ich finde es herrlich", widersprach Kathrein. „In dieser Gegend leben die Seehundmenschen des Nordens."

„Cool", meinte Anne.

Philipp vergrub die Hände in seinen Jackentaschen. Er fand, dass Teddy recht hatte. Das Land war wirklich trostlos ... und eisig kalt.

„Ich möchte wissen, wo Merlins Zauberstab hier sein könnte", sagte Philipp bibbernd.

„Lasst uns anfangen zu suchen!", schlug Kathrein vor. „In der Nachricht stand, wir sollen in Richtung Sonnenuntergang gehen."

Sie kletterte aus dem Fenster des Baumhauses. Dann breitete sie ihren Mantel aus, setzte sich drauf, stieß sich ab und rutschte den Abhang hinunter.

„Irre!", rief Anne. „Warte auf mich!" Sie kletterte ebenfalls aus dem Fenster und rodelte jauchzend hinter Kathrein die Schneewehe hinunter. „Hey, kommt! Das macht Spaß!", rief sie.

Philipp und Teddy sahen sich an. „Sollen wir?", fragte Teddy. Philipp nickte. Er wickelte seinen Schal fester um den Hals und stieg hinter Teddy durch das Fenster.

Die beiden Jungen setzten sich nebeneinander auf Teddys Mantel, stießen sich ab und rutschten die vereiste

Schneewehe hinunter. Auch Philipp jauchzte. Das machte wirklich Spaß!

Am Fuß der Schneewehe rappelten sie sich wieder auf. Philipp klopfte sich den Schnee von der Kleidung. In der eisigen Luft konnte er seinen Atem sehen.

„Es ist n-n-nur ein bi-bisschen k-k-kalt", schnatterte Anne und schlang die Arme um sich, um sich etwas zu wärmen.

Nur Kathrein schien nicht zu frieren. Sie lag lachend auf dem Boden und starrte in den Himmel.

„Wahrscheinlich friert sie nicht, weil ein Teil von ihr ein Seehund ist", dachte Philipp ein wenig neidisch.

Teddy sah über die verschneite Ebene. „Ich glaube, außer uns ist hier kein einziges Lebewesen mehr", sagte er.

„Stimmt nicht ganz", widersprach Kathrein. Sie zeigte in den Himmel. „Dort fliegen Schneegänse und Tundraschwäne."

„Ich glaube, ich kann sie auch sehen", meinte Anne.

Kathrein stand auf. Sie beschirmte mit der Hand ihre Augen und starrte über die Ebene. Die kalte Sonne stand tief am Himmel und die Schneewehen warfen lange blaue Schatten über die Ebene. Kathrein deutete in die Ferne. „Und seht ihr da? Ein weißer Hase hoppelt schnell nach Hause, bevor es dunkel wird", sagte sie.

Philipp sah in die Richtung, in die Kathrein zeigte. Aber er konnte nicht erkennen, dass sich dort irgendetwas bewegte.

„Außerdem sehe ich eine Schnee-Eule", sagte Kathrein, „und … oh nein!"

„Was ist?", fragte Anne erschrocken.

„Wölfe", antwortete Kathrein schaudernd. „Sie sind gerade hinter einer Schneewehe verschwunden. Wir Selkies haben große Angst vor Wölfen."

„Du brauchst keine Angst zu haben. Ich werde dich beschützen", beruhigte Teddy sie und nahm ihre Hand. „Komm, schnell! Wir gehen in Richtung der untergehenden Sonne!"

Zusammen liefen Teddy und Kathrein über die verschneite Ebene. Ihre Wollmäntel wehten hinter ihnen her. Anne und Philipp vergruben die Hände in ihren Jackentaschen und folgten den beiden.

Während Teddy, Kathrein, Philipp und Anne über die gefrorene Ebene stapften, versank die Sonne immer tiefer hinter dem Horizont. Ihre letzten Strahlen ließen den Schnee in einem violetten Licht erstrahlen.

Der Wind blies Philipp kalt ins Gesicht. Er senkte den Kopf und ging weiter. Die Kälte stach wie Nadeln auf der Haut. Jeder Atemzug tat weh. Hoffentlich würden sie Merlins Zauberstab möglichst bald finden. Philipp befürchtete langsam, dass kein Mensch lange in dieser trostlosen Kälte überleben konnte.

Annes Stimme riss Philipp aus seinen Gedanken. Er hob den Kopf und sah, dass die Sonne nun ganz hinter dem Horizont verschwunden war.

„Philipp, komm her und sieh dir das an!", rief Anne. Sie, Teddy und Kathrein standen auf dem Hang einer großen Schneewehe.

Philipp lief zu ihnen.

„Sieh nur!", sagte Anne aufgeregt.

„Oh Mann", flüsterte Philipp.

Auf der anderen Seite der Schneewehe stand ein glitzernder Palast aus riesigen Eisblöcken.

Im Licht des aufgehenden Mondes ragten die schimmernden Türme in die dunkle Nacht.

„Ich bin gespannt, wer dort wohnt …", murmelte Philipp.

„Lass uns nachsehen", schlug Teddy vor.

Teddy ging als Erster den Abhang hinunter zum Eispalast. Philipp, Anne und Kathrein folgten ihm. Rasch liefen sie über die tiefblaue Ebene, bis sie vor dem mächtigen kalten Schloss standen. Lange Eiszapfen hingen wie Speere vor dem Eingangstor.

„Es sieht so aus, als wäre hier schon lange kein Besucher mehr gewesen", meinte Kathrein.

„Das glaube ich auch", sagte Teddy. Er brach einige Eiszapfen ab, um das Tor öffnen zu können. „Vorwärts?", fragte er.

Die anderen nickten.

Teddy schob die Eisbrocken mit dem Fuß aus dem Weg und stieß das Tor auf. Dann führte er sie in den Eispalast.

Der Weiße Winterzauberer

Im Palast war es sogar noch kälter als draußen. Mondlicht flutete durch große Fenster in den Wänden. Der Boden schimmerte wie eine Eisbahn. Dicke Säulen aus glitzerndem Eis stützten das hohe Deckengewölbe.

„Willkommen, Philipp und Anne!", donnerte eine Stimme durch den Raum.

Philipp schnappte überrascht nach Luft. „Ist das Merlin?", flüsterte er.

„Es hört sich nicht wie Merlins Stimme an", wisperte Teddy zurück.

„Aber woher kennt er unsere Namen?", fragte Anne leise.

„Philipp und Anne, kommt her! Ich habe lange auf euch gewartet", brüllte die Stimme.

„Vielleicht ist es ja doch Merlin!", meinte Anne. „Vielleicht verstellt er nur seine Stimme! Los, kommt schon!"

„Anne, warte!", rief Philipp. Aber Anne war schon zwischen den glitzernden Säulen verschwunden. „Wir dürfen sie nicht alleinlassen!", sagte er zu Teddy und Kathrein. Sie liefen los.

Hinter den Säulen führten in Eis geschlagene Stufen hinauf zu einer Plattform. Dort stand ein Thron. Und auf dem Thron saß ein riesiger bärtiger Mann.

Der Mann auf dem Thron war ganz eindeutig nicht Merlin. Sein zerschlissenes Gewand war mit einem Pelzsaum verziert.

Er hatte ein wildes, wettergegerbtes Gesicht und trug eine schwarze Augenklappe. Er beugte sich vor und starrte mit seinem gesunden Auge auf Anne herab.

„Wer bist *du*?", wollte er wissen. „Ich habe Philipp und Anne, die mächtigen Gehilfen Merlins aus Pepper Hill, erwartet."

Anne ging einen Schritt auf den Thron zu und antwortete: „Ich bin Anne, dort steht Philipp. Und das sind unsere Freunde Teddy und Kathrein."

„Anne? Philipp? Ihr?", schnaubte der Mann. „Ihr seid nicht Anne und Philipp. Ihr seid viel zu klein!"

„Wir sind nicht klein", erwiderte Anne. „Ich bin schon neun und Philipp ist sogar zehn Jahre alt."

„Aber ihr seid Kinder", sagte der Mann verächtlich. „Philipp und Anne sind Helden!"

„Ich weiß nicht, ob man uns Helden nennen kann", antwortete Anne. „Aber manchmal helfen wir Merlin und Morgan le Fay, das stimmt schon."

„Anne, pssst!", raunte Philipp. Er traute dem Mann auf dem Thron nicht und hatte Angst, dass Anne zu viel verraten könnte.

Aber Anne sprach weiter. „Heute hat Merlin uns gebeten, ins Land des Ewigen Schnees zu reisen. Er hat uns eine Nachricht auf einem Stein geschickt."

„Ah …", sagte der Mann auf dem Thron. „Vielleicht seid ihr ja wirklich Philipp und Anne." Er beugte sich nach vorn und sagte mit leiser Stimme: „An Philipp und Anne aus Pepper Hill: Mein Stab der Macht wurde gestohlen. Reist zur Wintersonnenwende in das Land des Ewigen Schnees. Geht in Richtung Abendsonne und findet meinen Stab – oder alles ist verloren."

Philipp murmelte verständnislos: „Woher …?"

„Woher ich weiß, was in Merlins Nachricht stand?", fragte der Mann und lachte höhnisch und laut. „Ich weiß es, weil ich sie selbst geschrieben habe! Ich hatte gehofft, dass ihr sie irgendwie bekommen würdet."

Philipp machte einen Schritt rückwärts.

Also hatte nicht Merlin sie auf diese Mission geschickt. Der sonderbare Mann auf dem Thron hatte sie hereingelegt.

„Wer seid Ihr?", wollte Teddy wissen.

„Ich bin der Weiße Winterzauberer", antwortete der Mann. „Aber man nennt mich auch den Eiszauberer!"

Teddy schluckte.

„Oh nein!", dachte Philipp. Sie hatten bereits auf ihren letzten Missionen von diesem Zauberer gehört. Der Weiße Winterzauberer hatte den Rabenkönig betrogen und das Schwert des Lichts gestohlen.

Der Eiszauberer blickte kalt funkelnd von Teddy zu Kathrein. „Und wer seid ihr beiden?"

„Ich bin Teddy aus Camelot", antwortete Teddy. „Ich bin ein Lehrling von Morgan le Fay. Ich lerne, um selbst einmal ein Zauberer zu werden."

„Zauberer?", wiederholte der Eiszauberer.

„Ja", antwortete Teddy. „Mein Vater war auch ein Zauberer und meine Mutter eine Waldfee."

„Und ich bin eine Selkie", sagte Kathrein, „eine von dem alten Volk der Seehundmenschen."

„Dann seid ihr beide also aus *meiner* Welt", stellte der Eiszauberer fest. „Euch brauche ich nicht." Er sah wieder zu Philipp und Anne. „Ich bin nur an den zwei Sterblichen Philipp und Anne aus Pepper Hill interessiert."

„Wieso?", wollte Philipp wissen.

„Aufgrund all der Dinge, die ihr für Merlin getan habt!", brüllte der Eiszauberer. „Für Merlin habt ihr das Wasser der Erinnerung und Fantasie gefunden! Für Merlin habt ihr den Schicksalsdiamanten gesucht! Für Merlin habt ihr das Schwert des Lichts geholt! Und jetzt will ich, dass ihr auch etwas für *mich* findet."

„Was sollen wir denn für Euch finden?", fragte Anne ruhig.

Der Eiszauberer nahm die schwarze Augenklappe ab und entblößte eine dunkle, leere Augenhöhle.

„Igitt", murmelte Anne leise.

„Findet mein Auge", befahl der Eiszauberer.

„Oh Mann", sagte Philipp entsetzt.

„M… m… meint Ihr das im Ernst?", stotterte Teddy. „Ihr wollt, dass Anne und Philipp Euer *Auge* finden?"

Der Zauberer bedeckte seine leere Augenhöhle wieder mit der schwarzen Klappe. „Ja", bestätigte er. „Ich möchte, dass Philipp und Anne mein Auge finden und es mir zurückbringen."

„Aber warum?", fragte Philipp. „Selbst wenn wir es finden, würde es nicht funktionieren. Wir sind keine Ärzte."

„Und außerdem: Warum könnt Ihr Euer Auge nicht selbst zurückholen?", fragte Anne. „Ihr seid schließlich ein Zauberer."

„Stellt meine Befehle niemals infrage!", brüllte der Eiszauberer.

„Schreit meine Schwester nicht so an!", rief Philipp aufgebracht.

Der Zauberer zog eine seiner buschigen Augenbrauen hoch. „Ihr seid Bruder und Schwester?", fragte er.

„Ja", antwortete Philipp.

Der Zauberer nickte langsam. Seine Stimme wurde sanfter. „Und du beschützt deine Schwester", stellte er fest.

„Wir beschützen uns gegenseitig", sagte Philipp.

„Ich verstehe", flüsterte der Zauberer. Dann wurde er wieder schroff. „Vor langer Zeit habe ich mein Auge gegen etwas eingetauscht, das ich unbedingt haben wollte, aber ich habe es nie bekommen. Und jetzt möchte ich mein Auge zurückhaben."

„Mit wem habt Ihr getauscht?", wollte Anne wissen.

„Mit den Schwestern des Schicksals!", antwortete der Zauberer. „Ich habe mit den Schicksalsschwestern getauscht! Aber sie haben mich betrogen! Deswegen habe ich dich und Philipp geholt. Ihr müsst zu den Schicksalsschwestern gehen und mein Auge wiederholen. Und ihr müsst alleine gehen."

„Wieso müssen wir alleine gehen?", fragte Philipp.

„Weil nur Sterbliche einen Handel mit den Schicksalsschwestern rückgängig machen können", erklärte der Zauberer. „Sonst niemand. Kein mächtiger Zauberer, so wie ich es bin, kein Seehundmädchen und auch kein Sohn einer Waldfee, wie eure beiden Freunde."

„Aber Philipp und ich haben unsere anderen Aufgaben immer nur lösen können, weil Teddy und Kathrein oder Morgan und Merlin uns geholfen haben", sagte Anne.

„Wie geholfen?", fragte der Zauberer unwirsch.

„Also, meistens mit einem Zauberreim oder einem Rätsel", antwortete Anne.

„Ah. Also werde ich das Gleiche tun", sagte der Eiszauberer. Er dachte einen

Moment lang nach und lehnte sich dann auf seinem Thron nach vorn. Mit knurrender Stimme sagte er:

*Nehmt meinen Schlitten
und gebt immer acht,
den Weg gut zu finden
in finsterer Nacht.
Zum Haus der drei Nornen
am Wasser hin eilt
und in ihrem Heim dann
ein wenig verweilt.
Gebt ihnen, ohne zu grollen,
was immer sie gern haben wollen.
Bringt mir mein Auge,
bevors tagt, zurück,
dass ich wieder find
mein verlorenes Glück.*

Der Zauberer griff in die Tasche seines verschlissenen Gewandes und holte eine dicke Schnur heraus, in die eine Menge Knoten geknüpft waren. „Diese Windschnur wird eure Reise beschleunigen", sagte er und warf Philipp die Kordel zu.

„Was ist eine Windschnur?", überlegte Philipp. „Und wer sind die Nornen?"

Bevor Philipp eine seiner Fragen stellen konnte, zeigte der Eiszauberer mit dem Finger auf ihn. „Und jetzt hört euch folgende Warnung genau an: Hütet euch vor den weißen Wölfen der Nacht. Sie könnten euch bei eurer Suche verfolgen. Lasst euch niemals von ihnen einholen. Wenn sie euch erwischen, werden sie euch auffressen!"

Philipp lief es kalt den Rücken runter.

Der Eiszauberer griff neben seinen Thron und hob einen handgeschnitzten Holzstab vom Boden auf. Das glatte, polierte Holz leuchtete im Mondlicht.

Teddy hielt vor Schreck die Luft an. „Das ist Merlins Stab der Macht!", flüsterte er.

„Ganz genau", bestätigte der Eiszauberer. Er drehte sich zu Philipp und Anne um. „Geht jetzt und findet mein Auge", befahl er. „Oder ihr werdet Merlin und Morgan le Fay niemals wiedersehen."

„Was habt Ihr mit ihnen gemacht?", rief Anne.

Der Eiszauberer sah sie kalt an. „Das sag ich dir nicht", antwortete er. „Ihr werdet sie erst wiedersehen, wenn ihr mir vor Anbruch des Tages mein Auge zurückbringt."

„Aber …", meinte Anne.

„Keine weiteren Fragen!", befahl der Eiszauberer. „Macht euch auf den Weg!" Bevor eines der Kinder noch etwas sagen konnte, fuhr er mit Merlins Zauberstab durch die Luft und rief einen Zauberspruch: „Ow-Nigk!"

Ein blauer Feuerblitz schoss aus der Spitze des Stabes. Und im gleichen Moment waren Philipp, Anne, Teddy und Kathrein draußen in der eisigen Nacht.

Nehmt meinen Schlitten!

Philipp saß auf dem gefrorenen Boden. Anne, Teddy und Kathrein saßen neben ihm. Sie waren alle zu entsetzt, um etwas zu sagen. Die Nacht war still. Über ihnen schien hell der Vollmond und ein paar kalt funkelnde Sterne leuchteten am Himmel.

Schließlich sagte Anne in die Stille: „Ich möchte wissen, was er mit Merlin und Morgan gemacht hat."

„Und wo sollt ihr sein Auge überhaupt suchen?", fragte Teddy.

„Und wie sollen wir das Auge transportieren, wenn wir es finden?", fragte Philipp.

„Und ich möchte wissen, ob die Wölfe in der Nähe sind", sagte Kathrein. Sie stand auf, zog ihren Mantel enger um sich und sah sich um.

„Kann sich jemand noch an den Reim des Eiszauberers erinnern?", fragte Teddy.

„Ja", antwortete Kathrein. Sie konnte das Gedicht Wort für Wort:
Nehmt meinen Schlitten
und gebt immer acht,
den Weg gut zu finden
in finsterer Nacht.
Zum Haus der drei Nornen
am Wasser hin eilt
und in ihrem Heim dann
ein wenig verweilt.
Gebt ihnen, ohne zu grollen,
was immer sie gern haben wollen.
Bringt mir mein Auge,
bevors tagt, zurück,
dass ich wieder find
mein verlorenes Glück.
„Was sind Nornen überhaupt?", fragte Philipp endlich.

„Ich habe mal etwas in Morgans Büchern über sie gelesen", antwortete Teddy. „Man nennt sie auch die Schwestern des Schicksals. Sie verbringen ihre Tage mit dem Weben von großen Wandteppichen. Die Bilder, die sie hineinweben, bestimmen das Schicksal all derer, die im Land des Ewigen Schnees leben."

„Also haben die Nornen sein Auge", schloss Philipp. „Dann hat er die Nornen gemeint, als er sagte, er habe mit den Schicksalsschwestern getauscht?"

„So scheint es", antwortete Teddy.

„Er sagte, wir sollten seinen Schlitten nehmen, um dahinzukommen", erinnerte sich Anne. „Aber wo ist sein Schlitten?"

„Da", sagte Kathrein und zeigte auf einen großen schwarzen Schatten. „Da ist er."

„Irre!", sagte Anne.

Der Schatten glitt lautlos hinter einer Schneewehe hervor. Im kalten Mondlicht funkelte ein seltsam aussehender silberner Schlitten. Er hatte die Form eines kleinen Segelschiffes auf glänzenden Kufen. Niemand steuerte den Schlitten und kein Pferd oder Rentier zog ihn. Vom Mast hing schlaff ein weißes Segeltuch herab.

Der Schlitten blieb vor ihnen stehen. Auf einmal erklang ein schreckliches Geheul in der windstillen Nacht.

„Wölfe!", schrie Teddy. „Schnell weg hier!"

Kathrein griff nach seinem Arm. „Nicht rennen", flüsterte sie. „Wenn wir rennen, jagen sie uns erst recht."

„Das stimmt", sagte Teddy. „Sie dürfen nicht merken, dass wir Angst haben."

Wieder hörten sie das schreckliche Heulen. Es kam immer näher!

„Lauft!", schrie Teddy.

In Windeseile rannten sie über den Schnee zum Schlitten und kletterten schnell hinein. Philipp und Kathrein standen vorne, Anne und Teddy hinten.

„Da sind sie!", rief Teddy und zeigte in die Dunkelheit. „Die weißen Wölfe der Nacht!"

Philipp drehte sich um. Er sah zwei große weiße Wölfe, die im Mondlicht über die Ebene jagten. Als sie auf den Schlitten zustürzten, wirbelte der Schnee unter ihren großen Tatzen auf.

„Los, los, los!", schrie Philipp und klammerte sich am Schlitten fest.

Aber der Schlitten bewegte sich nicht. Und die Wölfe kamen näher und näher.

„Wie bringen wir den Schlitten in Gang?", fragte Philipp verzweifelt.

„Benutze die Windschnur!", schlug Teddy vor.

Philipp zog die Windschnur, die ihm der Eiszauberer gegeben hatte, aus der Jackentasche. „Und *wie* soll ich sie benutzen?", fragte er.

„Öffne einen Knoten!", antwortete Teddy.

Philipp zog seine Handschuhe aus. Mit zitternden Fingern versuchte er, einen Knoten zu öffnen. „Das ist verrückt!", dachte er. „Was soll es uns helfen, wenn ich einen Knoten aufknüpfe?" Kurz darauf hatte er einen Knoten gelöst. Und plötzlich kam ein kalter Wind auf. Das Segel über ihnen bewegte sich sacht.

„Öffne noch einen!", rief Teddy. „Mach schnell!"

Philipp knüpfte rasch einen weiteren Knoten auf. Der Wind wurde stärker und das Segel wölbte sich leicht. Die Schlittenkufen glitten langsam über den Schnee.

„Ja!", rief Anne. „Es klappt!"

„Schon, aber leider sind wir immer noch nicht schnell genug!", stellte Teddy fest.

Philipp drehte sich um. Die beiden weißen Wölfe hatten sie schon fast eingeholt. Sie rannten jaulend dicht hinter dem Schlitten her. Ihre Mäuler waren weit geöffnet und man sah ihre spitzen Zähne.

Philipp öffnete schnell einen dritten Knoten. Kalter Wind blähte das Segel und der Schlitten sauste davon.

„Gut festhalten!", schrie Teddy.

Er ergriff das Ruder und lenkte das Schlittenschiff über den Schnee fort vom Eispalast.

Sie flitzten über den gefrorenen Boden. Die Wölfe blieben hinter ihnen zurück. Ihr Heulen wurde immer schwächer, bis sie es schließlich gar nicht mehr hörten.

Der Wind trieb den silbernen Schlitten weiter über die mondhelle Ebene. Zischend glitten die Kufen über Eis und Schnee. Das quadratische Segel blähte sich im Wind. Obwohl es sehr kalt war, machte die Fahrt jetzt, da die Wölfe weit weg waren, richtig Spaß.

„Woher wusstest du, dass Wind kommen würde, wenn wir die Knoten lösen?", wollte Philipp von Teddy wissen.

„Das ist ein uralter Zauber", antwortete Teddy. „Ich hatte schon von Windschnüren gelesen. Aber noch nie zuvor habe ich eine gesehen!"

„Wie gut, dass du so viel liest", fand Anne.

„Oh, guckt mal!", sagte Kathrein erfreut. „Hasen und Füchse!"

„Wo?", fragte Anne.

„Dahinten!" Kathrein zeigte in die dunkle Ferne. „Sie spielen im Schnee! Und hört mal, da oben hinter dieser Wolke ziehen Tundraschwäne."

„Irre", sagte Anne.

Philipp war tief beeindruckt, wie gut Kathrein sehen und hören konnte. Genau wie bei ihrer Ankunft kam ihm die mondhelle Landschaft völlig verlassen vor.

„Wohin steuerst du eigentlich?", wollte Anne von Teddy wissen.

„Ich habe keine Ahnung!", antwortete Teddy lachend.

„Wir sollen zu einem Haus am Wasser fahren, um die Nornen zu finden", erinnerte ihn Anne.

„Wenn das Haus *am* Wasser steht, ist damit sicherlich das Ufer der Meeresbucht gemeint. Dann fahren wir jetzt nach links und folgen den Schwänen!", schlug Kathrein vor und deutete nach oben. „Sie fliegen zum Meer!"

Teddy lenkte den Schlitten nach links. Einen Moment lang holperte der Schlitten auf dem Schnee auf und ab. Dann wurde die Fahrt wieder ruhig.

„Wir fahren jetzt auf Eis! Unter uns ist das Meer!", erklärte Kathrein. „Hier müssen irgendwo Seehunde unter der Eisdecke sein. Ich kann ihre Atemlöcher sehen! Lass uns doch mal anhalten."

„Ja, das wäre schon schön", stimmte Teddy zu, während sie weitersausten. „Aber wie?"

„Philipp, mach einen Knoten in die Schnur. Vielleicht klappt das!", schlug Anne vor.

„Tolle Idee!", meinte Teddy.

Philipp zog seine Handschuhe aus. Mit kalten, zitternden Fingern knüpfte Philipp einen Knoten. Der Wind ließ ein wenig nach. Der Schlitten fuhr langsamer.

Er machte noch einen Knoten. Das Segel hing nun schlaff herab.

„Klasse!", rief Anne.

Philipp schnürte einen dritten Knoten und damit legte sich der Wind ganz. Der Schlitten hielt an.

„Gut gemacht!", lobte Teddy.

„Danke", antwortete Philipp. Er verstaute die Schnur wieder in seiner Jackentasche und schaute sich um. „Ob hier wohl die Nornen leben?"

„Ich frag mal", sagte Kathrein.

„Wen will sie denn hier fragen?", überlegte Philipp.

Kathrein kletterte aus dem Schlitten, ging über das Eis und sah sich dabei genau um. An einem kleinen Loch blieb sie stehen.

Kathrein kniete sich hin und sagte leise etwas in der Selkiesprache. Dann legte sie ihr Ohr dicht an das Loch und lauschte.

Schließlich stand sie wieder auf. „Der Seehund hat gesagt, dass die Bucht genau hinter diesen Felsen liegt", erklärte sie und zeigte nach vorne. „Da werden wir die Nornen finden."

„Toll", sagte Anne.

Im hellen Mondlicht gingen Philipp, Anne, Teddy und Kathrein über das spiegelglatte Eis. Sie mussten zwischen großen Felsbrocken hindurch. Als sie auf der anderen Seite wieder herauskamen, blieben sie stehen.

„Da ist es", sagte Teddy.

Etwa fünfzig Meter von ihnen entfernt erhob sich ein schneebedeckter weißer Hügel. Rauch stieg aus der Spitze des Hügels – ein kleiner Schornstein ragte aus dem Schnee! Durch ein rundes Fenster schimmerte das warme Licht einer Laterne.

„Ich weiß, dass ihr alleine mit den Nornen wegen des Auges verhandeln müsst", sagte Teddy. „Aber ich würde sie wenigstens gerne mal sehen."

Er ging vorsichtig auf das Fenster zu und sah hindurch. Anne, Philipp und Kathrein schlichen ihm hinterher. Sie lugten in das Haus. Im Kamin brannte ein großes Feuer. Im rosaroten Licht des Feuers sahen sie drei merkwürdige Wesen, die an einem großen Webstuhl arbeiteten. Philipp verschlug es den Atem: Sie sahen schrecklich aus!

Die drei Schicksalsschwestern waren dünn wie Skelette. Sie hatten wallendes graues Haar, lange Nasen und große, hervortretende Augen. Ihre gekrümmten, knochigen Finger flogen förmlich über einen großen Wandteppich. Überall im Raum stapelten sich Teppichballen bis zur Decke.

„Sie sehen aus wie Hexen aus einem Märchen", flüsterte Anne.

„Ja, aber es sind keine Hexen", sagte Teddy. „Jeder Teppich, den sie weben, erzählt eine Lebensgeschichte."

„Irre!", raunte Anne.

„Also, viel Glück", wünschte Teddy. „Kathrein und ich werden draußen auf euch warten, während ihr reingeht und nach dem Auge des Zauberers fragt."

Plötzlich erklang wieder ein fürchterliches Heulen in der Stille.

„Oh nein!", rief Anne erschrocken.

„Die Wölfe!", flüsterte Kathrein.

Teddy rannte zur Tür und riss sie auf. „Los, alle rein!", befahl er.

Und zu viert stürzten sie in das Haus der Nornen.

Die Nornen

Teddy schlug den Wölfen die Tür vor der Nase zu und Philipp seufzte erleichtert.

„Herzlich willkommen!", sagten die drei Nornen einstimmig. Sie sahen fast gleich aus und unterschieden sich nur durch die verschiedenen Farben ihrer Umhänge: Blau, Braun und Grau.

„Wie geht es euch, Philipp, Anne, Teddy und Kathrein?", fragte die blaue Norne.

„Jetzt geht es uns gut", antwortete Anne.

Philipp wunderte sich, dass die Nornen ihre Namen kannten. Trotz ihrer Furcht einflößenden Erscheinung fühlte er sich beim Anblick ihres netten Lächelns und ihrer freundlich funkelnden Augen schon besser.

In ihrem gemütlichen Haus wurde ihm zum ersten Mal, seit sie von zu Hause aufgebrochen waren, wieder warm.

„Hattet ihr eine angenehme Reise?", fragte die braune Norne.

„Ja", antwortete Anne. „Wir sind mit dem Schlitten des Eiszauberers gekommen."

„Mithilfe einer Windschnur", ergänzte Teddy.

Philipp hielt die Schnur in die Höhe, um sie ihnen zu zeigen.

Die graue Norne kicherte. „Ja, das wissen wir! Ich mag Schnüre mit Knoten", meinte sie.

„Eine Schnur ohne Knoten wäre wirklich eine langweilige Schnur!", sagte die blaue Norne und kicherte ebenfalls.

„Und ein *Leben* ohne Knoten wäre wirklich ein überaus langweiliges Leben!", fügte die braune Norne lächelnd hinzu.

Während sie plauderten, webten die Nornen unermüdlich weiter. Ihre hervorstehenden Augen blinzelten kein einziges Mal. Philipp vermutete, dass sie wahrscheinlich nie die Augen schlossen oder ihre Arbeit unterbrachen.

„Tut uns leid, wenn wir euch stören", sagte Anne. „Aber Philipp und ich brauchen unbedingt das Auge des

Eiszauberers, um unsere Freunde Merlin und Morgan zu retten."

„Das wissen wir", antwortete die blaue Norne. „Wir weben gerade die Geschichte des Eiszauberers. Kommt her und seht sie euch an."

Die vier Freunde traten an den Webstuhl.

Dutzende kleine Bilder waren in den Teppich gewebt. Alle Fäden waren in Winterfarben gehalten: Blau, Grau und Braun.

„Die Bilder erzählen die Geschichte des Weißen Winterzauberers", erklärte die braune Norne.

Ein Bild zeigte zwei Kinder, die zusammen spielten. Auf einem zweiten sah man einen Jungen, der hinter einem Schwan herrannte. Auf einem dritten waren zwei Wölfe zu sehen und auf einem vierten schließlich ein Auge in einem Kreis.

„Welche Geschichte erzählt das Bild mit dem Auge?", fragte Philipp.

„Vor langer Zeit kam der Weiße Winterzauberer zu uns. Er suchte nach der ganzen Weisheit der Welt", erzählte die graue Norne. „Wir sagten ihm, wir würden ihm diese Weisheit geben, wenn er uns dafür ein Auge gibt. Er stimmte diesem Handel zu."

„Doch der Zauberer des Winters scheint mir nicht besonders weise zu sein", stellte Anne fest.

„Das ist er wirklich nicht", bestätigte die braune Norne. „Wir pflanzten die Samen der Weisheit in sein Herz, aber sie wuchsen nie."

„Warum wolltet ihr ausgerechnet sein Auge?", fragte Philipp.

„Wir wollten es dem Frostriesen geben", antwortete die blaue Norne.

„Dem Frostriesen?", fragte Teddy. „Wer ist der Frostriese?"

„Er ist weder ein Zauberer noch ein Sterblicher", erklärte die blaue Norne. „Er ist eine blinde Naturgewalt, die nichts, was ihm in den Weg kommt, verschont."

„Wir hatten gehofft, der Frostriese würde das Auge des Eiszauberers benutzen, um die Schönheit dieser Erde zu sehen, sodass er vielleicht auf sie achtet und sie nicht immer wieder zerstört", erzählte die braune Norne. „Aber leider hat der Frostriese unser Geschenk gar nicht benutzt! Im Gegenteil, er hält es genau dort versteckt, wo wir es für ihn hingelegt haben."

„Wo ist das?", fragte Anne.

„Der Frostriese schläft im Hohlen Hügel", antwortete die graue Norne.

„In dem Hohlen Hügel ist ein Loch", sagte die blaue Norne.

„Und in dem Loch liegt ein Hagelkorn", fügte die braune Norne hinzu.

„Und im Inneren des Hagelkorns ist das Auge des Zauberers verborgen", verriet die graue Norne.

Philipp schloss seine Augen und wiederholte für sich:

„Im Hohlen Hügel ist ein Loch.
In dem Loch liegt ein Hagelkorn.
Im Inneren des Hagelkorns
ist das Auge des Zauberers verborgen."

„Ja!", bestätigte die graue Norne. „Dort müsst ihr hingehen. Aber seid vorsichtig: Ihr dürft den Frostriesen niemals direkt ansehen. Jeder, der ihn direkt anschaut, erfriert auf der Stelle."

Philipp schauderte und nickte.

„Gut, dann machen wir uns jetzt wohl besser auf den Weg", sagte Anne. „Vielen Dank für eure Hilfe. Im Reim des Eiszauberers heißt es, wir sollen euch zahlen, was immer ihr verlangt."

Die Nornen schauten sich an. „Ich mag das gewebte Ding um ihren Hals", sagte die graue Norne zu ihren Schwestern.

„Es ist so rot wie das Glühen der Morgendämmerung."

Die anderen beiden Nornen nickten eifrig.

„Meinen Schal?", fragte Anne. „Klar. Hier habt ihr ihn."

Sie nahm ihren roten Wollschal und legte ihn auf den Boden in die Nähe des Webstuhls.

„Wie schön!", freute sich die blaue Norne. „Vielleicht sollten wir keine Schicksale mehr weben, sondern lieber Schals!"

Die anderen Nornen kicherten. „So, nun geht aber", sagte die graue Norne. „Fahrt in die Richtung des Nordsterns. Wenn ihr die schneebedeckten Berge erreicht, haltet nach einem Ausschau, der keine Spitze hat. Das ist der Hohle Hügel."

Philipp, Anne und Teddy gingen zur Tür. Doch Kathrein blieb stehen. „Entschuldigt bitte, aber ich habe noch eine Frage", sagte sie. Sie zeigte auf das Bild mit dem Schwan und dem Jungen. „Wovon handelt diese Geschichte?"

Philipp, Anne und Teddy kamen gespannt zurück.

„Das ist eine traurige Geschichte", antwortete die graue Norne. „Der Eiszauberer hatte eine jüngere Schwester, die er mehr liebte als alles andere auf der Welt. Eines Tages stritten sie sich aber wegen einer völlig unwichtigen Sache. Er verlor seine Beherrschung und befahl ihr in seinem Jähzorn, ihn für immer und ewig in Ruhe zu lassen. Mit Tränen in den Augen rannte sie hinunter zum See. Dort traf sie die Schwanenfrauen. Die gaben ihr ein gefiedertes Kleid. Sie zog es an und wurde selbst zu einer Schwanenfrau. Und dann flog sie mit den anderen weg und kam niemals wieder."

„Danach war der Eiszauberer nicht mehr derselbe", erzählte die blaue Norne weiter.

„Nachdem seine Schwester weg war, wurde er gefühllos und gemein. Es war fast so, als hätte sie sein Herz mitgenommen, als sie wegflog."

„Das ist wirklich traurig", sagte Anne. „Wie geht die Geschichte des Eiszauberers aus?"

„Nicht wir, sondern ihr habt jetzt die Fäden in der Hand und bestimmt, was wir als Nächstes weben werden", erklärte die braune Norne.

„Wir?", staunte Anne.

„Ja", antwortete die graue Norne. „Unsere Kräfte lassen nach. Unsere Pläne gelingen nicht mehr so, wie wir es wollen. Der Eiszauberer hat keine Weisheit erlangt und der Frostriese kann nicht sehen! *Ihr* müsst die Geschichte jetzt zu Ende bringen."

Die drei Schwestern lächelten ihre Besucher an. Ihre dünnen Finger flogen und flatterten über ihre Webarbeit wie Schmetterlinge über eine Blumenwiese.

Philipp sah sie lächelnd an. Aber dann dachte er an Morgan und Merlin und an die Gefahren, die draußen auf sie warteten.

„Eine letzte Frage", sagte er. „Was ist mit den zwei weißen Wölfen?"

„Oh, die Wölfe!", sagte die blaue Norne. „Habt keine Angst vor den Wölfen. Ein Leben ohne Wölfe wäre doch wirklich überaus langweilig!" Ihre beiden Schwestern lächelten zustimmend.

Philipp sah dieses Lächeln und hatte einen Augenblick lang weder Angst vor den Wölfen noch vor dem Eiszauberer oder dem Frostriesen.

„Auf Wiedersehen! Auf Wiedersehen! Auf Wiedersehen!", sagten die Schwestern.

Philipp, Anne und ihre Freunde winkten zum Abschied. Dann verließen sie das Haus der Nornen und gingen wieder in die eisige Nacht hinaus.

Im Hohlen Hügel

Draußen in der Kälte kam Philipps Angst wieder. Überall rund um das Haus herum waren große Pfotenabdrücke im Schnee.

„Die Wölfe waren hier", stellte Kathrein fest.

„Vielleicht sollten wir doch lieber wieder reingehen", sagte Teddy.

„Nein", widersprach Kathrein. „Wir bringen Philipp und Anne zurück zum Schlitten. Sie müssen zum Hohlen Hügel fahren."

„Stimmt", sagte Teddy und nickte.

Als sie langsam auf die Felsen zugingen, sah Philipp zurück zum Haus der Nornen und wünschte sich sehnlichst, sie könnten wieder in die gemütliche Wärme zurück.

Kathrein legte ihre Hand auf seine Schulter.

„Komm", sagte sie. „Du musst dich beeilen."

Philipp stapfte mit den anderen zwischen

den großen Felsbrocken hindurch. Auf der anderen Seite war nichts von den weißen Wölfen zu sehen.

Der silberne Schlitten wartete im Mondlicht auf sie. Philipp und Anne stiegen ein.

„Könnt ihr nicht mit uns kommen?", fragte Philipp Teddy und Kathrein. „Ihr habt doch gesagt, wenn wir alle zusammenhalten, können wir alles schaffen."

„Klar", antwortete Teddy. „Aber es stimmt, was der Winterzauberer gesagt hat: Nur Sterbliche können mit den Nornen handeln. Und das Auge zu finden und zurückzuholen, gehört gewissermaßen auch zu diesem Handel. Wir können euch leider nicht helfen."

„Habt keine Angst", sagte Kathrein. „Wir sind in Gedanken immer bei euch. Und bei Tagesanbruch werden wir uns beim Palast des Eiszauberers wiedertreffen."

„Wie wollt ihr da hinkommen ohne den Schlitten?", fragte Anne.

„Ich kenne noch ein paar Reime, mit denen ich es versuchen werde", antwortete Teddy lächelnd.

„Und ich werde ein bisschen Selkiezauber benutzen", ergänzte Kathrein und zwinkerte ihnen zu.

„Und wir haben unsere Windschnur!", meinte Anne.

„Dann auf zum Hohlen Hügel", sagte Kathrein.

Anne und Philipp kletterten an Bord des Schlittenschiffs.

„Und denkt daran, was euch die Nornen gesagt haben: Seht den Frostriesen niemals direkt an!", warnte Teddy.

„Ich weiß", sagte Philipp. Er nahm die Windschnur aus seiner Jackentasche. Dann zog er seine Handschuhe aus und löste einen Knoten. Eine Brise kam auf. Philipp öffnete einen zweiten Knoten. Die Brise frischte auf, das Segel flatterte, der Schlitten setzte sich in Bewegung.

Philipp löste einen dritten Knoten. Der Wind wurde noch stärker. Das weiße Segel blähte sich im Wind und der Schlitten wurde schneller.

„Haltet euch fest!", rief Teddy ihnen hinterher.

Philipp und Anne winkten Teddy und Kathrein noch zum Abschied, als der Schlitten schon schnell über das Eis des zugefrorenen Meeres glitt. Wenig später erreichten sie die Ebene. Heftig holpernd sauste der Schlitten wieder ans schneebedeckte Land und bog scharf nach rechts ab.

„Nein, wir müssen auf den Nordstern zufahren!", rief Philipp.

Anne drehte das Ruder und brachte den Schlitten auf den richtigen Kurs. Sie hielten nun direkt auf den hellen Stern zu.

Während die silbernen Schlittenkufen über den Schnee sausten, schlang Philipp seine Arme eng um den Körper, um sich ein wenig vor der beißenden Kälte zu schützen. Er hielt nach den weißen Wölfen Ausschau, aber auf der mondhellen Ebene war nicht die geringste Spur von ihnen zu entdecken. Nachdem sie eine Weile durch die dunkle Stille gefahren waren, entdeckte Philipp plötzlich schneebedeckte Berge in der Ferne.

„Sieh mal!", rief er. „Ich glaube, da ist es!"

Er zeigte auf einen Berg, der als einziger keine Spitze hatte.

„Lass uns anhalten!", rief Anne.

Philipp machte einen Knoten. Der Schlitten wurde langsamer. Er machte einen zweiten Knoten und dann einen dritten. Der Wind legte sich und der Schlitten hielt am Fuße des Hohlen Hügels. Philipp und Anne kletterten heraus.

Philipp sah den weißen Abhang hinauf. „Wie sollen wir da reinkommen?", fragte er.

„Weiß ich auch nicht", antwortete Anne. „Wie wohl der Frostriese in den Berg kommt?"

„Oh … der Frostriese", antwortete Philipp. Wenn doch Teddy und Kathrein bei ihnen wären!

Als ob Anne seine Gedanken erraten hätte, sagte sie entschlossen: „Wir können es schaffen! Wir müssen es schaffen, für Morgan und Merlin."

Philipp nickte. „Du hast recht", sagte er. Aufmerksam betrachteten sie den Berg im Mondlicht.

„Ist das da oben eine Öffnung?", fragte Anne.

„Kann sein", antwortete Philipp. „Lass uns hochklettern und nachschauen."

Als sie ein Stück nach oben geklettert waren, konnte Philipp ganz deutlich einen Spalt im schneebedeckten Abhang erkennen.

„Vielleicht führt der uns in den Berg hinein?", meinte Anne.

„Warte, und was ist mit dem Frostriesen?", fragte Philipp.

„Ich habe das Gefühl, dass er jetzt gerade nicht hier ist", antwortete Anne. „Am besten gehen wir rein und suchen das Auge des Zauberers, bevor der Frostriese zurückkommt."

„Okay", sagte Philipp. „Aber wir müssen echt vorsichtig sein!"

Rasch stapften sie den Berg hinauf. Als sie die Öffnung erreicht hatten, stiegen sie in den großen Spalt, der in den Berg hineinführte.

Philipp und Anne kletterten auf einen Felsvorsprung, der sich hoch über einer runden Höhlenhalle befand. Mondlicht schien durch die offene Bergkuppe auf den Boden der Höhle herab. Dort konnten sie eine runde Fläche erkennen, auf der offenbar der Wind den Schnee in großen Kreisen zusammengewirbelt hatte.

„Das muss der Schlafplatz des Riesen sein!", vermutete Anne.

„Ja, und da hat er wahrscheinlich auch das Auge irgendwo versteckt", meinte

Philipp. „Wir müssen nur das Loch finden. Erinnerst du dich?" Er wiederholte, was die Nornen gesagt hatten:

„Im Hohlen Hügel ist ein Loch.
In dem Loch liegt ein Hagelkorn.
Im Inneren des Hagelkorns
ist das Auge des Zauberers verborgen."

„Genau", meinte Anne.

Philipp blickte auf den Schneewirbel hinab. Dann sah er sich zu Anne um. „Vorwärts?"

„Vorwärts", flüsterte Anne.

Philipp und Anne kletterten hinunter in die Höhle. Sorgfältig suchten sie im Mondlicht den Boden nach einem Loch ab.

Plötzlich stolperte Anne und fiel hin.

„Autsch ... Wow!", sagte sie. „Ich glaube, ich habe gerade das Loch gefunden! Ich bin hineingetreten!"

„Wirklich?", fragte Philipp. Er kniete sich neben sie. Anne griff hinunter in ein schmales Loch im Boden. „Hier ist irgendetwas drin!", stellte sie fest.

Sie holte ein Stück Eis heraus, das so groß war wie ein Ei. „Das Hagelkorn!"

In dem dämmrigen Licht konnte man nicht erkennen, ob etwas im Eis steckte. „Wir wissen nicht, ob es das richtige Hagelkorn ist", sagte Philipp. „Wir müssen warten, bis es hell wird, damit wir nachschauen können, ob das Auge darin ist."

„Es muss das richtige sein", beharrte Anne. „Was meinst du, wie viele Hagelkörner hier in dem Hohlen Hügel versteckt sind? Außerdem können wir nicht so lange warten."

„Du hast wahrscheinlich recht", gab Philipp zu.

Anne drehte das Hagelkorn in ihren Händen. „Vielleicht guckt uns das Auge ja gerade an", überlegte sie.

„Das ist wissenschaftlich unmöglich", erklärte Philipp. „Ein Auge kann nicht sehen, wenn es nicht mit dem Gehirn verbunden ist."

„Genau, und eine Schnur kann Wind nicht zum Blasen bringen", antwortete Anne. „Vergiss die Wissenschaft diesmal. Warte …" Sie hielt die Luft an. „Hast du das gespürt?"

„Was gespürt?", fragte Philipp.

„Der Boden wackelt", antwortete Anne.

Jetzt merkte auch Philipp, dass der Boden bebte.

Er hörte außerdem ein merkwürdiges Schnaufen. Es war ziemlich laut und kam von draußen: *Hffff, hffff, hffff* … Es hörte sich ganz so an, als ob jemand atmete!

„Der Riese kommt zurück!", sagte Anne erschrocken.

„Oh nein!", rief Philipp.

Der Boden bebte wieder. Die Atemgeräusche wurden lauter.

„Versteck das Hagelkorn!", flüsterte Philipp.

Anne steckte das Hagelkorn in ihre Jackentasche. *Hffff* … Es hörte sich an, als ob der Riese jetzt gleich die Höhle betreten würde!

„Er kommt!", sagte Anne.

„Versteck dich!", flüsterte Philipp.

Er zog Anne in den Schatten und erinnerte sich an die Warnung der Nornen: *Jeder, der ihn direkt ansieht, erfriert augenblicklich.*

„Was auch passiert, sieh ihn bloß nicht an!", flüsterte er Anne zu.

Sie kauerten sich in den Schatten, bedeckten ihre Gesichter mit den Händen und warteten …

Der Frostriese

Hffff, hffff, hffff ...

Mit jedem Atemzug des Frostriesen fegte eine kalte Windböe durch die Höhle.

Philipp zitterte. Er war durchgefroren bis auf die Knochen.

Hffff, hffff, hffff ...

Das Atmen des Riesen wurde immer lauter und immer stärker. Philipp kniff fest die Augen zu, als ihn ein eisiger, nasser Wind traf.

Hffff, hffff, hffff ...

Philipp kauerte sich noch tiefer zusammen und presste sich ganz dicht an Anne.

Hffff, hffff, hffff ...

Das Atmen des Riesen keuchte nun so laut durch die Höhle wie hundert Geister. Philipp dachte an die Worte der blauen Norne: „Er ist eine blinde Naturgewalt, die nichts auf ihrem Weg verschont ..."

Aber dann schien die Atmung des

Riesen wieder etwas ruhiger zu werden.
„Was ist denn jetzt los?", wunderte sich Philipp.

Die Atemzüge wurden noch stiller.

„Vielleicht schläft er ja ein", flüsterte Anne.

Das Atmen war nun ganz ruhig und gleichmäßig. Es wehte nur noch ein sanfter Wind.

„Ich glaube, der Frostriese schläft wirklich", flüsterte Anne. „Wir sollten versuchen, uns rauszuschleichen."

„Okay, aber schau weiter nach unten. Guck immer nur auf den Boden", flüsterte Philipp.

„Mach ich", versprach Anne leise.

Sie hielten ihre Köpfe gesenkt. Vorsichtig schlichen sie durch die Höhle und kletterten hinauf zum Spalt. Philipps Zähne klapperten, aber er hätte nicht sagen können, ob vor Kälte oder aus Angst.

Plötzlich brach ein ohrenbetäubendes Gebrüll los! Der Frostriese tobte rasend vor Wut! Er war wach!

Philipp wurde auf den Boden

geschleudert. Er wollte durch den Schnee krabbeln, wusste aber nicht, in welche Richtung. Und er traute sich nicht, hochzusehen.

„Philipp! Hierher!" Durch das Brüllen des Frostriesen hörte er Annes Stimme. Sie half Philipp hoch und gemeinsam kämpften sie gegen den Wind. Schließlich erreichten sie den Spalt in der Wand und krochen hinaus.

Draußen wehte der stürmische Wind sie sofort um, und sie kullerten den Abhang hinunter.

Der Wind peitschte dichte Schneewirbel über die Ebene.

„Anne! Anne!", rief Philipp. Wo war sie bloß? Wo war der Schlitten? Er konnte überhaupt nichts sehen. Er konnte sich nicht auf den Beinen halten.

Der Wind tobte immer lauter. Eine Schneelawine kam den Berg hinuntergerast. Als sie auf den Boden krachte, zerstoben die Schneemassen zu großen Wolken weißen Pulverschnees.

„Philipp! Philipp!"

Philipp hörte Annes Stimme durch den heulenden Wind. Er versuchte, aufzustehen, aber der Schnee aus der Lawine stürzte weiter auf ihn herab.

Unter dem Schnee begraben, verließen Philipp all seine Kräfte. Ihm war klar, dass er sich eigentlich aus dem Schnee herausgraben müsste, aber ihm war zu kalt und er war viel zu müde.

Er war sogar zu müde, um nach Anne zu suchen und gegen den Frostriesen zu kämpfen. Stattdessen schloss er die Augen und er fiel in einen eisigen Schlaf.

Philipp träumte, dass ihm ein kaltes Fell über das Gesicht fuhr. Er träumte, dass ein Wolf den Schnee wegscharrte. Der Wolf stupste ihn an. Er schubste und beschnüffelte ihn.

Philipp machte die Augen auf. Er war ganz benommen und konnte zuerst gar nichts sehen. Aber er spürte, dass er nicht mehr unter dem Schnee begraben war. Er wischte den Schnee von seiner Brille. Der Mond stand tief am klaren Himmel und ein paar Sterne leuchteten.

„Der Frostriese muss wieder weg sein", dachte Philipp. Aber dann hörte er ein Hecheln. Er setzte sich auf und sah sich um. Einer der beiden weißen Wölfe kauerte genau hinter ihm!

Philipp rappelte sich auf. „Hau ab!", rief er entsetzt. Der Wolf wich ein Stück zurück und knurrte.

„Geh weg! Geh weg! Geh weg!", schrie Philipp. Er warf Schnee nach dem Wolf.

Der Wolf wich ein paar Meter zurück. Philipp sah sich hektisch um. Anne lag reglos im Schnee. Der zweite weiße Wolf beschnüffelte sie und berührte sie mit der Pfote.

Philipp wurde so wütend, dass er seine Angst völlig vergaß. „Lass sie in Ruhe!", schrie er. „Hau ab!" Er warf wieder Schnee nach dem Wolf.

Auch der zweite Wolf wich zurück.

„Haut ab! Haut ab!", schrie Philipp. „Geht weg! Lasst uns in Ruhe!" Er sah wütend zu den beiden weißen Wölfen, die ihn mit ihren glühenden gelben Augen anstarrten.

„Ich meine es ernst: Haut bloß ab!", schrie Philipp außer sich.

Er starrte die Wölfe finster an, bis sie schließlich den Blick abwandten. Die beiden Wölfe sahen einander an und zogen sich dann langsam zurück. Sie warfen Philipp und Anne einen letzten Blick zu, dann drehten sie sich um und rannten davon.

Philipp lief zu Anne. Er kniete sich neben sie und hob ihren Kopf. „Wach auf! Bitte wach auf, Anne!", sagte er. Anne schlug die Augen auf.

„Geht es dir gut?", fragte Philipp.

„Ja … Ich habe von weißen Wölfen geträumt", murmelte Anne.

„Ich auch!", erzählte Philipp. „Und als ich aufwachte, waren sie wirklich da! Sie wollten uns fressen!"

„Wirklich?" Anne setzte sich auf.

„Ja, aber ich habe sie vertrieben", antwortete Philipp.

„Was ist mit dem Frostriesen?", fragte Anne.

„Er ist auch weg", antwortete Philipp. „Komm. Lass uns von hier verschwinden!" Philipp half Anne auf. „Hast du immer noch das Auge des Zauberers?"

Anne griff in ihre Tasche. „Hab ich!", sagte sie. Das Hagelkorn war ganz fest und kalt.

„Gut." Philipp sah sich um.

Hinter einer Schneewehe stand der silberne Schlitten. Über ihnen färbte sich der Nachthimmel schon leicht grau.

„Es wird bald hell", stellte Anne fest. „Erinnerst du dich, was der Eiszauberer gesagt hat? Wir müssen ihm sein Auge vor Tagesanbruch bringen oder wir sehen Morgan und Merlin nie wieder!"

Philipp nahm Anne bei der Hand und gemeinsam stapften sie durch den Schnee. Sie kletterten in den Schlitten und Anne stellte sich wieder ans Ruder. Philipp holte die Windschnur aus seiner Tasche und löste einen Knoten.

Eine Brise erfasste den Schlitten. Philipp öffnete einen zweiten Knoten und das Segel flatterte leicht. Als er den dritten Knoten aufknüpfte, wurde der Schlitten schneller und glitt über den Schnee.

Während sie sich vom Hohlen Hügel entfernten und über die weiße Ebene segelten, verfärbte die erste Morgenröte bereits den Himmel.

„Wir müssen schneller fahren!", drängte Anne.

Philipp öffnete einen vierten Knoten.

Der Wind pfiff in ihren Ohren, der Schlitten schoss dahin. Anne lenkte ihn an den Felsen vorbei über das gefrorene Meer. Sie steuerte über die weite Ebene nach Süden zum Palast des Eiszauberers.

Als sie sich dem Palast näherten, machte Philipp einen Knoten und sie wurden langsamer. Nachdem er drei weitere Knoten gemacht hatte, hielt der Schlitten an.

Philipp und Anne sahen sich im schwachen Licht des anbrechenden Tages um. „Wo sind Teddy und Kathrein?", fragte

Anne. „Sie wollten sich doch in der Morgendämmerung hier mit uns treffen."

Philipp blickte über die weite weiße Ebene, aber er konnte ihre Freunde nirgendwo entdecken. Wenn er doch nur so gut sehen könnte wie Kathrein! „Hoffentlich geht es ihnen gut", sagte er. „Und hoffentlich sind sie nicht den weißen Wölfen begegnet."

„Ich glaube nicht, dass die Wölfe ihnen etwas tun würden", sagte Anne. „Die Wölfe in meinen Träumen waren richtig nett."

„Geträumte Wölfe unterscheiden sich aber nun mal von wirklichen Wölfen", entgegnete Philipp.

„Ich glaube, wir können nicht auf Teddy und Kathrein warten", meinte Anne. „Das Auge muss wieder zum Zauberer zurück, bevor die Sonne aufgeht."

„Ach ja, das Auge!", sagte Philipp.

„Wir haben noch gar nicht nachgesehen, ob in dem Hagelkorn auch wirklich ein Auge ist."

Anne griff in ihre Tasche, holte das kalte Hagelkorn hervor und hielt es hoch.

Philipp hielt die Luft an. Tatsächlich starrte ihnen ein Auge aus dem Hagelkorn entgegen. Es war ungefähr so groß wie eine dicke Murmel. Der Augapfel war weiß und in der Mitte funkelte eine eisblaue Iris.

„Oh Mann", flüsterte Philipp.

„Ist es nicht schön?", fragte Anne.

„Ich weiß nicht." Philipp wurde ein bisschen mulmig zumute. Ein Auge, das nicht im Kopf steckte, fand er eigentlich ein bisschen gruselig.

„Steck es erst einmal weg", bat er.

Anne steckte das Hagelkorn zurück in ihre Tasche. Philipp sah sich um. Der Himmel leuchtete nun rot, und die Sonne spähte bereits ein kleines bisschen über den Horizont.

„Die Sonne!", schrie Philipp. „Beeilung!" Die Geschwister sprangen vom Schlitten und rannten auf den Palast zu.

Als sie an das Eingangstor kamen, blieb Anne auf einmal stehen. „Sieh mal", sagte sie und zeigte in den Schnee. „Wolfsspuren!"

„Oh nein", sagte Philipp. „Meinst du, die weißen Wölfe sind dort drinnen? Das ist ja merkwürdig."

„Das macht jetzt gar nichts! Wir müssen da rein! Beeil dich!", drängte Anne.

Sie rannten in den Palast, gerade als der glühende Ball der Sonne über dem Horizont aufging.

Die Rückkehr des Auges

Philipp und Anne gingen durch die Vorhalle des Palastes an den Eissäulen vorbei und kamen zum Thronraum des Eiszauberers. Die Wände und der Boden glitzerten im strahlend kalten Licht der Morgendämmerung.

„Oh je", sagte Philipp.

Der Zauberer wartete schon auf sie und die zwei weißen Wölfe lagen auf beiden Seiten seines Throns und schliefen. Philipp war verwirrt. „Was machen die denn hier?", dachte er. „Gehören sie etwa dem Winterzauberer?"

Die Wölfe hoben ihre Köpfe und schnupperten. Sie stellten ihre Ohren auf.

Als sie Philipp und Anne sahen, sprangen sie auf und starrten sie mit ihren stechenden gelben Augen an.

Der Zauberer musterte die Geschwister aufmerksam.

„Nun?", fragte er. „Habt ihr mein Auge zurückgebracht?"

„Ja", antwortete Philipp.

Anne nahm das Hagelkorn aus ihrer Tasche und hielt es dem Zauberer hin. Philipp beobachtete nervös die Wölfe, als das Hagelkorn von Annes kleiner Hand in die große raue Hand des Zauberers glitt.

Der Zauberer starrte auf das Stück Eis. Dann sah er Philipp und Anne an. „Ihr seid wirklich Helden", sagte er.

„Nein, eigentlich nicht", murmelte Philipp.

Der Zauberer betrachtete erneut das Auge im Hagelkorn. Dann schlug er mit einer schnellen Handbewegung das Eisstück fest gegen die Armlehne seines Throns.

Philipp und Anne hielten überrascht die Luft an und wichen ein Stück zurück. Noch einmal schlug der Zauberer das Hagelkorn fest gegen den Thron. Diesmal zerbrach das Eis. Behutsam nahm der Zauberer das gefrorene Auge in die Hand. Er hob es in die Höhe und hielt es gegen das Licht. Dann riss er sich mit einem freudigen Schrei seine Augenklappe weg.

Philipp und Anne beobachteten erstaunt, wie der Eiszauberer das Auge in die klaffende, dunkle Augenhöhle steckte.

Philipp wagte nicht zu atmen. Er war entsetzt und gleichzeitig fasziniert. Er konnte es nicht fassen, dass jemand sein Auge einfach so wieder in den Schädel steckte.

Langsam senkte der Eiszauberer seine Hand. Auch er schien den Atem anzuhalten. Nun hatte er zwei Augen. Aber sein neues bewegte sich nicht. Es sah aus, als wäre es immer noch gefroren.

Philipp wurde nervös. Wenn er mit seinem Auge nicht sehen konnte, würde ihnen der Zauberer vielleicht nicht helfen.

„Wir … wir haben Euch Euer Auge zurückgebracht", sagte er. „Könnt Ihr uns jetzt sagen, wo Merlin und Morgan sind?"

Mit einem Ruck wandte der Zauberer den Kopf und sah Philipp an. Er deckte ein Auge mit seiner Hand zu. Dann bedeckte er das andere. Wie ein Wahnsinniger wechselte er hin und her, deckte abwechselnd ein Auge auf und wieder zu.

Schließlich ließ der Zauberer seine Hand sinken und brüllte: „Nein! Ihr habt mich hereingelegt!" Er brüllte so laut, dass die Säulen wackelten.

„Nein, das haben wir nicht!", widersprach Anne.

„Dieses Auge ist unbrauchbar!", schrie der Zauberer. „Es ist tot! Ich kann nicht damit sehen!"

„Aber es ist das Auge, das Ihr den Nornen gegeben habt", sagte Anne.

„Wenn wir es zurückbringen, gebt Ihr uns Merlin und Morgan zurück. Das habt Ihr uns versprochen."

Die beiden weißen Wölfe warfen ihre Köpfe zurück und fingen an zu heulen.

„Nein!", schrie der Eiszauberer noch mal. „Ihr habt mich hereingelegt! Ihr habt mich hereingelegt!"

„Komm, wir verschwinden hier", flüsterte Philipp. Er zog Anne zu den Eissäulen.

„Halt!", schrie der Zauberer. „Ihr könnt mir nicht entkommen!" Er griff nach Merlins Stab der Macht. Die Wölfe knurrten und kläfften. Der Zauberer richtete den Stab auf Philipp und Anne und murmelte einen Zauberspruch: „Ro-eeh-..."

„Wartet!", rief jemand. Teddy stürmte in den Thronraum. „Wartet! Wartet!"

Der Zauberer hielt den Stab in der Luft und starrte Teddy wütend an.

„Wir haben eine Überraschung für Euch!", schrie Teddy dem Eiszauberer zu. „Kathrein!", rief er.

Hinter einer Eissäule kamen Kathrein und eine junge Frau mit langen Zöpfen hervor. Die Frau trug ein weites Kleid. Um ihre Schultern lag ein gefiederter Umhang. Ihre Augen ruhten auf dem Eiszauberer und ein strahlendes Lächeln breitete sich auf ihrem Gesicht aus. Sie ging langsam auf den Thron zu.

Der Eiszauberer senkte Merlins Stab der Macht. Er starrte die junge Frau an.

Jegliche Farbe war aus seinem Gesicht gewichen. Er war reglos wie eine Statue – dann lief eine eisblaue Träne aus dem gefrorenen Auge über seine bleiche Wange.

Philipp und Anne standen bei Kathrein und Teddy.

Sie beobachteten, wie die junge Frau und der Eiszauberer sich stumm ansahen.

„Ist das seine Schwester, die Schwanenfrau?", flüsterte Anne.

„Ja", antwortete Kathrein leise.

Die Schwanenfrau sprach in einer fremden Sprache mit dem Eiszauberer: *„Val-ee-ven-o-wan."*

Der Zauberer antwortete nicht. Tränen liefen ihm aus beiden Augen.

„Val-ee-ven-o-wan", sagte die Schwanenfrau noch einmal.

„Was hat sie gesagt?", wollte Philipp wissen.

„Sie sagt: *‚Ich bin zurückgekommen, um dir zu verzeihen'*", übersetzte Kathrein.

Der Zauberer stand auf. Er stieg die Treppen des Throns hinab. Behutsam berührte er das Gesicht der Schwanenfrau, als ob er sichergehen wollte, dass sie auch wirklich da war. Dann antwortete er sanft in der gleichen fremden Sprache. „*Fel-o-wan.*"

„Wie habt ihr sie gefunden?", fragte Philipp Teddy.

„Ein Seehund führte uns unter dem Eis zur ‚Insel der Schwäne'", erzählte Teddy.

„Als wir sie gefunden hatten, haben wir ihr erzählt, wie sehr ihr Bruder, der Zauberer, sie vermisst", berichtete Kathrein weiter. „Außerdem habe ich ihr von euch beiden erzählt und wie ihr euch immer gegenseitig helft. Ich sagte ihr, sie sollte zu ihrem Bruder zurückkehren und sich wieder mit ihm versöhnen."

Der Zauberer und seine Schwester sprachen leise weiter miteinander in ihrer fremden Sprache. Warmes Sonnenlicht schimmerte durch die Fenster des Palastes.

Anne machte einen Schritt nach vorne: „Ähem, entschuldigt mich bitte", sagte sie.

Der Eiszauberer sah sie an. „Meine

Schwester ist zurückgekommen", sagte er staunend. „Und plötzlich kann ich auch mit beiden Augen sehen. Ich kann alles sehen."

„Das freut mich", sagte Anne. „Aber jetzt müsst Ihr Merlin und Morgan zu uns zurückbringen."

Der Eiszauberer sah seine Schwester an und sie nickte. Der Zauberer hob Merlins Stab der Macht. „Benutzt den, um sie zurückzuholen", sagte er. „Haltet ihn gut fest und ruft nach ihnen." Er gab Anne den Stab.

Anne konnte ihn allein fast nicht heben. „Hilf mir, Philipp", bat sie.

Philipp trat einen Schritt vor und griff nach dem Zauberstab. Das glatte goldene Holz fühlte sich warm an und vibrierte in seiner Hand.

Als sie den Stab zusammen hielten, warf Anne ihren Kopf in den Nacken und rief: „Merlin und Morgan, kommt zurück!"

Ein langer blauer Lichtblitz schoss aus dem Stab direkt auf die beiden Wölfe zu.

Mit einem Mal verwandelten sich
die Wolfsaugen in Menschenaugen,
die Wolfsnasen in Menschennasen,
die Wolfsmäuler in Menschenmünder,
die Wolfsohren in Menschenohren,
die Wolfspfoten in Hände und Füße und
die Wolfspelze in lange rote Umhänge!

Die beiden weißen Wölfe waren verschwunden und an ihrer Stelle standen dort ein Mann und eine Frau.

Mit der Weisheit des Herzens

„Merlin! Morgan!", rief Anne.

Teddy und Kathrein schrien überrascht.

Anne ließ den Stab los, lief zu Morgan und umarmte sie.

Philipp war ganz schwindlig vor Erleichterung. „Hallo!", sagte er nur. „Hallo!"

„Willkommen zurück!", sagte Teddy zu Merlin.

„Danke schön", sagte Merlin. Er sah Philipp und Anne an. „Und danke dafür, dass ihr beide uns wieder zurückverwandelt habt."

„Wir wussten nicht, dass ihr die Wölfe wart", sagte Anne.

„Wir sind euch gefolgt, um euch zu helfen", erklärte Morgan.

„Der Eiszauberer hat uns erzählt, dass uns die Wölfe auffressen, wenn sie uns einholen", sagte Philipp.

„Wirklich?", fragte Morgan.

Alle sahen den Eiszauberer an. Er stand bei seiner Schwester und schaute schuldbewusst zu Morgan und Merlin.

„Ich hatte Angst, dass sie euch erkennen, wenn ihr ihnen zu nahe kommt", erklärte er. „Aber ich werde kein Unheil mehr anrichten. Das verspreche ich, jetzt, da ich die Dinge wieder richtig sehen kann …"

Der Zauberer sah seine Schwester an und seine Augen strahlten vor Freude.

„Du kannst sehen, weil du dein Herz zurückhast", erklärte Morgan. „Es war nicht nur dein Auge, das dir fehlte, es war auch dein Herz. Wir sehen mit unserem Herzen oft besser als mit unseren Augen."

„Und nun kannst du vielleicht die Weisheit finden, nach der du bei den Nornen gesucht hast", sagte Merlin. „Denn Weisheit ist Wissen, das man nicht nur mit dem Kopf, sondern auch mit dem Herzen erlangt."

Der Eiszauberer nickte. „Bitte versucht, mir in euren Herzen zu vergeben", bat er. „Nehmt den Schlitten, damit ihr sicher nach Hause kommt."

„Ja, jetzt müssen wir wirklich nach Hause", meinte Morgan. „Wir sind schon viel zu lange von Camelot fort."

„Und wenn du das nächste Mal nach Camelot kommst, mein Freund, musst du als Gast kommen und nicht als Dieb in der Nacht", sagte Merlin.

„Und du musst deine Schwester mitbringen", sagte Morgan zu dem Eiszauberer und der Schwanenfrau.

„Das werde ich", antwortete der Eiszauberer.

Merlin sah zu Philipp, Anne, Teddy und Kathrein. „Seid ihr alle bereit aufzubrechen?", fragte er.

„Ja", antworteten sie zusammen.

Merlin blickte auf den Stab in Philipps Händen.

„Oh, tut mir leid, den hätte ich fast vergessen", sagte Philipp und gab Merlin den schweren Stab zurück.

Sobald Merlin seinen Stab der Macht in den Händen hielt, wirkte er noch größer als zuvor. „Lasst uns gehen!", sagte er munter.

Merlin und Morgan schritten als Erste aus dem Thronraum, ihre roten Umhänge wehten. Teddy und Kathrein kamen hinter ihnen und Philipp und Anne beeilten sich, den beiden zu folgen.

Kurz bevor sie den Raum verließen, sahen sich Philipp und Anne noch einmal nach dem Eiszauberer und seiner Schwester um. Sie waren tief in ein Gespräch versunken.

„Sie haben sich seit Jahren nicht gesehen", sagte Anne. „Sie haben sich bestimmt eine Menge zu erzählen."

„Ja", antwortete Philipp. Er konnte sich absolut nicht vorstellen, wie es wäre, seine Schwester jahrelang nicht zu sehen. „Komm, gehen wir." Er nahm ihre Hand. Sie verließen den Thronraum und liefen zusammen durch die Vorhalle hinaus in die kalte Morgendämmerung.

Philipp und Anne folgten ihren vier Freunden aus Camelot zum Schlitten des Eiszauberers. Nebeneinander stiegen sie ein.

Anne saß am Ruder. Philipp stand vorne am Bug. Er holte die Windschnur heraus und löste einen Knoten. Der Schlitten machte einen Ruck nach vorn.

Er öffnete noch einen Knoten. Der Schlitten bewegte sich ganz langsam.

Da der Schlitten jetzt schwerer war als vorher, öffnete Philipp zwei weitere Knoten und dann sauste der Schlitten über den Schnee.

„Haltet euch fest!", rief Teddy.

Während der Schlitten durch die Morgendämmerung glitt, drehte sich Anne zu Morgan und Merlin um. „Ich habe eine Frage", begann sie. „Könnt ihr mir sagen, wie der Riese aussieht, der Frostriese?"

Merlin lächelte. „Es gibt keinen Frostriesen", antwortete er.

„Was?", riefen Kathrein und Teddy überrascht.

„Natürlich gibt es ihn", meinte Anne. „Wir haben seinen Atem gehört!"

„Wegen ihm wären wir beinahe erfroren!", ergänzte Philipp.

„Nachts fegt der Wind oft durch den Hohlen Hügel wie ein Wirbelsturm", erklärte Merlin. „Und ihr habt einen von diesen Stürmen erlebt."

„Aber was ist mit der Geschichte der Nornen, in der sie dem Frostriesen das Auge des Eiszauberers schenken?", wollte Philipp wissen.

„In früheren Zeiten glaubten viele Menschen, dass die Naturgewalten gefährliche Riesen oder Monster sind", erklärte Morgan. „Die drei Nornen sind die Letzten, die noch von ihrem alten Volk übrig sind. Sie glauben daran, dass der Frostriese ein lebendes Wesen ist, das im Hohlen Hügel herumspukt. In Wirklichkeit hat der Frostriese das Geschenk nur deshalb nie angenommen, weil es ihn gar nicht gibt."

Philipp schüttelte den Kopf. „Wir haben den Nornen geglaubt, als sie uns erzählt haben, dass wir erfrieren würden, wenn wir den Frostriesen direkt ansehen."

„Und wir haben dem Eiszauberer geglaubt, als er sagte, dass die Wölfe uns fressen würden, wenn sie uns einholen!", sagte Anne.

„Menschen machen sich häufig weis, dass die Welt viel unheimlicher ist, als es in Wirklichkeit der Fall ist", sagte Morgan.

In diesem Moment kam Philipp die Welt aber überhaupt nicht unheimlich vor. Alles war freundlich und still. Sanftes, rosarotes Morgenlicht brach durch die Wolken.

„Heute ist der erste Tag nach der Wintersonnenwende", erklärte Morgan. „Von nun an kehrt das Licht langsam zurück. Die Tage werden wieder länger."

Philipp wandte sich der Sonne zu. Er konnte das Baumhaus ganz in der Nähe auf der Spitze einer Schneewehe erkennen.

Philipp machte einen Knoten in die Windschnur. Als er drei weitere Knoten geknüpft hatte, blieb der Schlitten am Fuße der Schneewehe stehen.

Merlin sah sie an. „Am Tag der Wintersonnenwende habt ihr großen Mut bewiesen", sagte er. „Ihr habt Stürme, Schrecken und außergewöhnliche Kälte überstanden. Ihr habt den Weißen Winterzauberer wieder mit der Schwanenfrau zusammengebracht. Und am wichtigsten vielleicht: Ihr habt

403

mir meinen Stab der Macht wieder zurückgebracht. Ich danke euch."

„Keine Ursache", meinten Philipp und Anne bescheiden.

„Ihr habt mit euren letzten vier bestandenen Aufgaben viel für das Königreich von Camelot getan", sagte Merlin. „Das nächste Abenteuer wird euch wieder an einen Ort in eurer Welt führen, in der wirklichen Zeit, und nicht in der Zeit der Legenden und der Zauberei."

„Wir werden bald wieder nach euch rufen", versprach Morgan.

„Toll!", sagte Anne.

Philipp und Anne kletterten aus dem Schlitten. Sie sahen sich nach Teddy und Kathrein um. „Hoffentlich helft ihr uns auch bei unserer nächsten Reise", sagte Anne.

Teddy grinste. „Wenn wir vier zusammenhalten, können wir alles schaffen, oder?", sagte er.

„Genau!", antworteten Philipp und Anne gemeinsam. Dann drehten sie sich um und stapften die Schneewehe hinauf.

Oben angekommen, kletterten sie durch das Fenster in das Baumhaus. Als sie drinnen waren, schauten sie zurück.

Der Schlitten war schon verschwunden.

„Auf Wiedersehen!", sagte Anne leise.

Philipp hob den kleinen grauen Stein vom Boden auf. Er zeigte auf die Worte *Pepper Hill* in der Nachricht des Zauberers. „Ich wünschte, wir könnten dort sein", sagte er.

Wind kam auf.

Das Baumhaus fing an, sich zu drehen.

Es drehte sich schneller und immer schneller.

Dann war alles wieder still.

Totenstill.

Philipp machte die Augen auf. Sie waren wieder im Wald von Pepper Hill. Wie immer war nicht eine einzige Minute vergangen, während sie weg gewesen waren. Es dämmerte schon. Schneeflocken, die wie winzige Federn aussahen, fielen vor dem Fenster des Baumhauses vom Himmel.

Anne zitterte. „Mir ist kalt", sagte sie.

„Hier, nimm meinen Schal", bot Philipp an.

„Nein, den brauchst du doch selber", protestierte Anne.

„Nimm ihn ruhig. Mir ist wirklich warm." Philipp legte Anne seinen Schal um den Hals. „Was willst du Mama sagen, wenn sie dich nach *deinem* Schal fragt?", wollte Philipp wissen.

„Ich werde ihr einfach sagen, dass ich den Schwestern des Schicksals meinen Schal als Lohn dafür gegeben habe, dass sie uns verraten, wie wir das Auge des Eiszauberers im Hohlen Hügel finden", antwortete Anne vergnügt.

„Genau", stimmte Philipp lachend zu.

„Komm, lass uns nach Hause gehen, bevor es dunkel ist", sagte Anne und kletterte die Strickleiter hinunter. Philipp folgte dicht hinter ihr.

Unten angekommen, fiel Philipp die Windschnur ein. „Wir haben vergessen, das hier zurückzugeben", sagte er. Er griff in seine Jackentasche und holte die

Schnur heraus. „Ich glaube, Merlins Zauberkraft hat den Schlitten zurück nach Camelot gebracht."

Einen Augenblick lang betrachteten sie die Windschnur. „Öffne doch mal einen Knoten", flüsterte Anne.

Philipp zog seine Handschuhe aus und öffnete einen Knoten. Er hielt den Atem an und wartete. Nichts passierte. Er lächelte Anne an.

„Ich glaube, in unserer Welt ist es einfach nur ein Stück Schnur", sagte er.

Philipp steckte die Schnur zurück in seine Tasche. Die Geschwister gingen über den verschneiten Boden zwischen den Bäumen hindurch. Beim Gehen hielt

Philipp Ausschau nach den Fußspuren von Teddy und Kathrein. Aber die waren inzwischen zugeschneit.

Philipp und Anne kamen aus dem Wald und gingen die Straße hinunter nach Hause. In den Häusern funkelten die Christbaumlichter und in den Fenstern leuchteten Kerzen.

Ihre Stiefel knirschten im Schnee, als sie durch den Garten gingen. Als sie zur Verandatreppe kamen, blieb Philipp überrascht stehen.

Annes roter Schal lag über der Verandabrüstung!

„Das glaub ich nicht", sagte Philipp.

„Ich schon!", erwiderte Anne.

Sie liefen die Stufen hoch und Anne griff nach ihrem Schal. „Sieh mal!", sagte sie und hielt den Schal hoch.

In den Schal war ein kleines Bild gewebt, ein Bild von Philipp und Anne und zwei Wölfen.

Philipp war sprachlos.

„Cool, was?", meinte Anne. Sie gab Philipp seinen Schal zurück. Dann legte sie sich ihren Schal um den Hals und stopfte den Teil mit dem Bild schnell unter ihren Jackenkragen.

Die Tür ging auf und ein köstlicher Geruch kam aus dem Haus.

„Hallo!", sagte ihre Mutter. „Die Plätzchen sind fertig. Kommt rein und wärmt euch auf!"

Mary Pope Osborne lernte schon als Kind viele Länder kennen. Mit ihrer Familie lebte sie in Österreich, Oklahoma, Florida und anderswo in Amerika. Nach ihrem Studium zog es sie wieder in die Ferne und sie reiste viele Monate durch Asien. Schließlich begann sie zu schreiben und war damit außerordentlich erfolgreich. Bis heute sind schon über fünfzig Bücher von Mary Pope Osborne erschienen. Das magische Baumhaus ist in den USA und in Deutschland eine der beliebtesten Kinderbuchreihen.

Petra Theissen, 1969 geboren, studierte nach dem Abitur Grafikdesign an der Fachhochschule in Münster. Seit Abschluss ihres Studiums ist sie als freie Werbe- und Kinderbuchillustratorin tätig und mag mit niemandem tauschen: Sie kann sich keinen schöneren Beruf vorstellen.

Das magische Baumhaus

Noch mehr spannende Sammelbände

Abenteuer mit dem magischen Baumhaus
ISBN 978-3-7855-6558-2

Mit dem magischen Baumhaus um die Welt
ISBN 978-3-7855-6493-6

Auf Expedition mit dem magischen Baumhaus
ISBN 978-3-7855-6406-6

Geheimnisvolle Reise mit dem magischen Baumhaus
ISBN 978-3-7855-6803-3

Loewe

Das magische Baumhaus

Im Tal der Dinosaurier Mary Pope Osborne *Band 1*	Der geheimnisvolle Ritter Mary Pope Osborne *Band 2*	Das Geheimnis der Mumie Mary Pope Osborne *Band 3*
Der Schatz der Piraten Mary Pope Osborne *Band 4*	Im Land der Samurai Mary Pope Osborne *Band 5*	Gefahr am Amazonas Mary Pope Osborne *Band 6*

Loewe

Jeder Band ein Abenteuer!

Band 7 — Im Reich der Mammuts

Band 8 — Abenteuer auf dem Mond

Band 9 — Der Ruf der Delfine

Band 10 — Das Rätsel der Geisterstadt

Band 11 — Im Tal der Löwen

Band 12 — Auf den Spuren der Eisbären

Loewe

Das magische Baumhaus

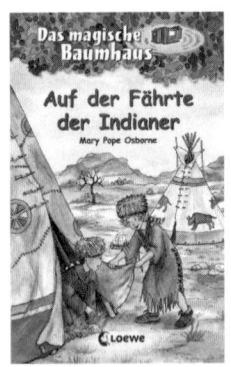

Band 13 — Im Schatten des Vulkans
Band 14 — Im Land der Drachen
Band 15 — Insel der Wikinger
Band 16 — Auf der Fährte der Indianer
Band 17 — Im Reich des Tigers
Band 18 — Rettung in der Wildnis

Loewe

Spannung garantiert!

Band 19 — Abenteuer in Olympia
Band 20 — Im Auge des Wirbelsturms
Band 21 — Gefahr in der Feuerstadt

Begleite Anne und Philipp auf ihren neuesten Reisen mit dem magischen Baumhaus!

- Bd. 22: Verschollen auf hoher See
- Bd. 23: Das Geheimnis des alten Theaters
- Bd. 24: Den Gorillas auf der Spur
- Bd. 25: Im Land der ersten Siedler
- Bd. 26: Abenteuer in der Südsee
- Bd. 27: Im Auftrag des Roten Ritters
- Bd. 28: Das verzauberte Spukschloss
- Bd. 29: Das mächtige Zauberschwert
- Bd. 30: Im Bann des Eiszauberers
- Bd. 31: Sturmflut vor Venedig
- Bd. 32: Der gestohlene Wüstenschatz
- Bd. 33: Geheimauftrag in Paris
- Bd. 34: Das verwunschene Einhorn
- Bd. 35: Angriff des Wolkendrachen
- Bd. 36: Der geheime Flug des Leonardo
- Bd. 37: Das Ungeheuer vom Meeresgrund
- Bd. 38: Das verborgene Reich der Pinguine
- Bd. 39: Die geheime Macht der Zauberflöte
- Bd. 40: Piratenspuk am Mississippi
- Bd. 41: Gefangen im Elfenwald

Loewe

Das magische Baumhaus

Flieg mit ins Abenteuerland

Mary Pope Osborne

*Das große Vorlesebuch
zum magischen Baumhaus*

Loewe

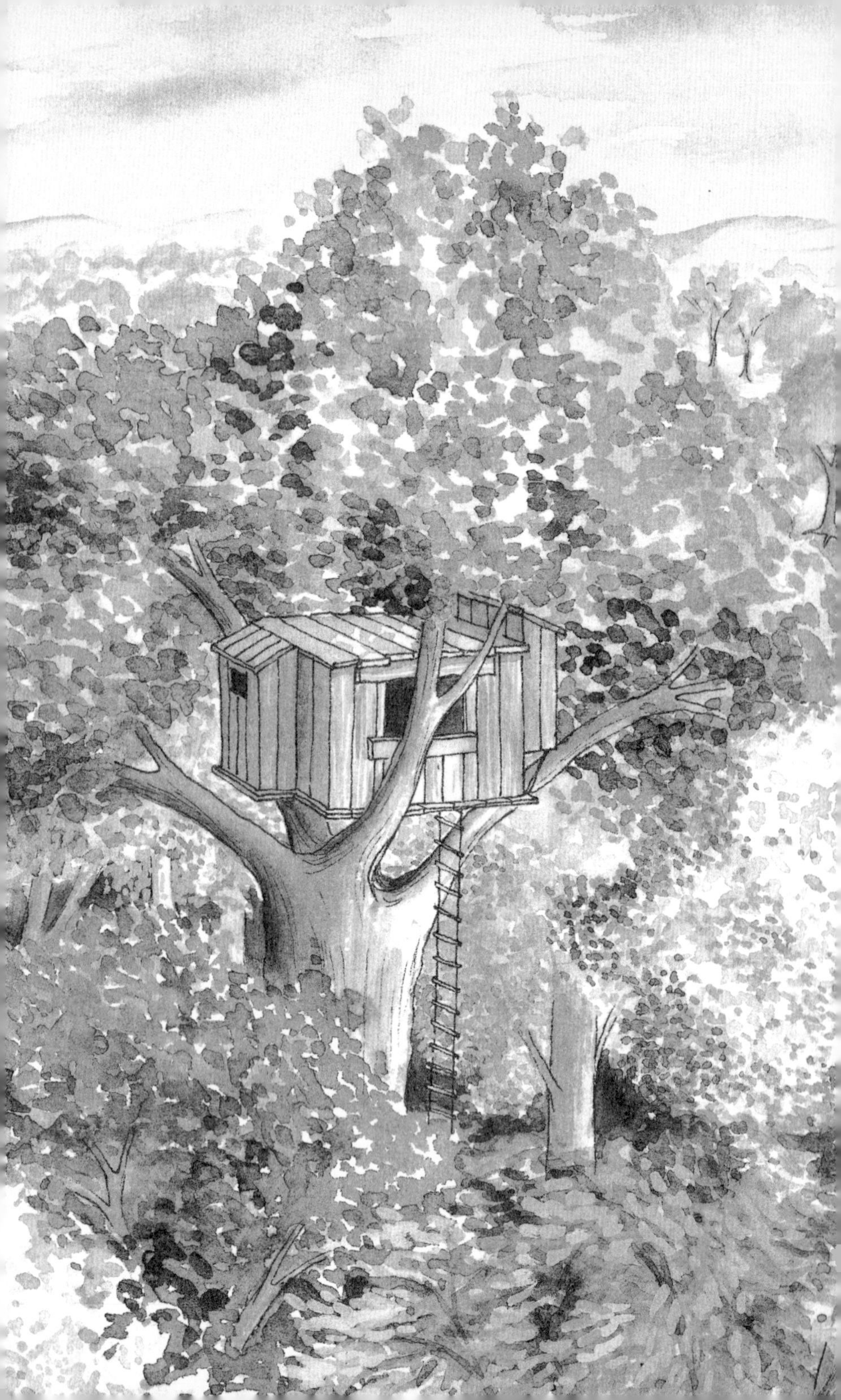